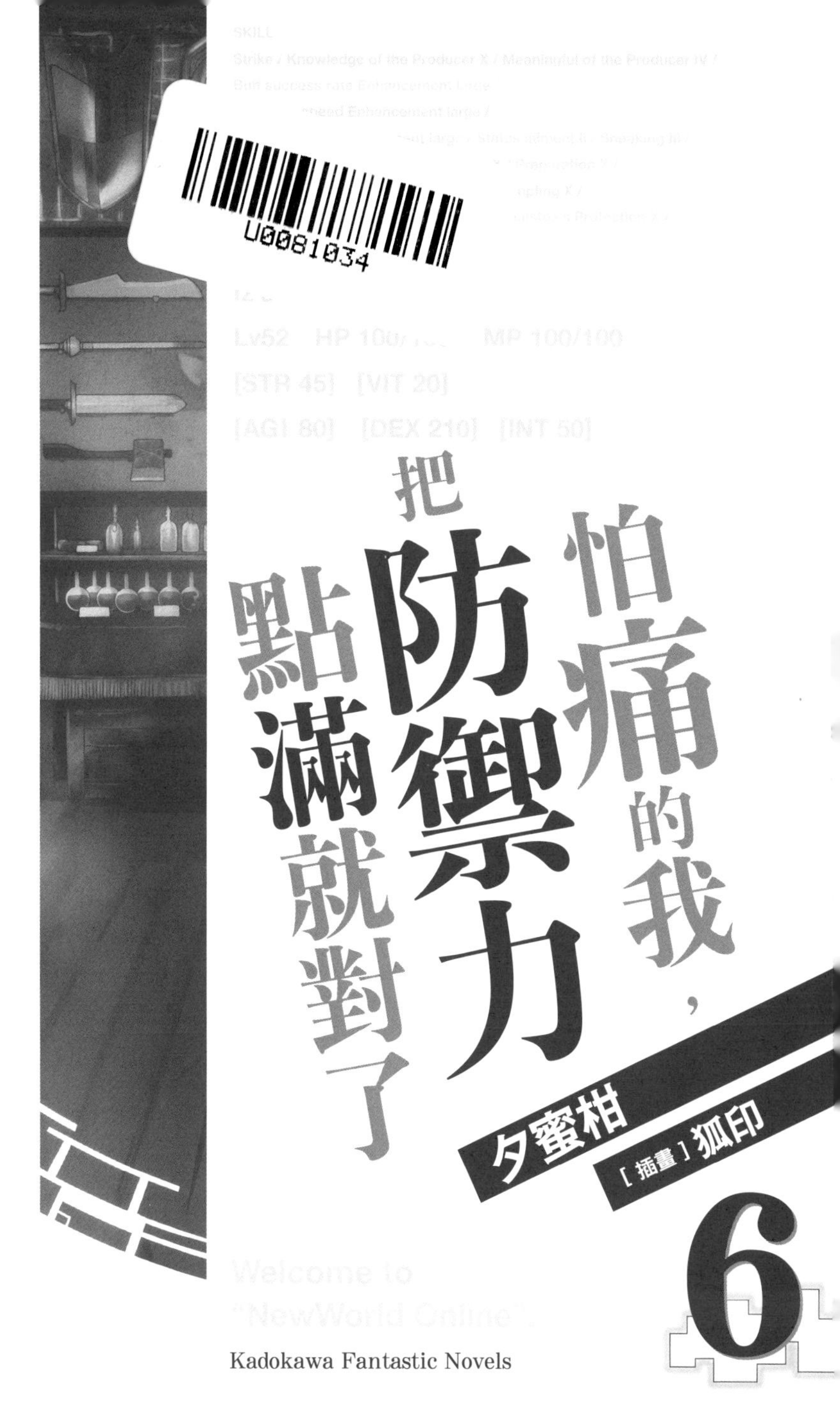
怕痛的我，把防禦力點滿就對了
夕蜜柑
[插畫] 狐印
6
Lv52 HP 100/100 MP 100/100
[STR 45] [VIT 20]
[AGI 80] [DEX 210] [INT 50]
Welcome to "NewWorld Online"
Kadokawa Fantastic Novels
U0081034

CONTENTS

All points are divided to VIT.
Because
a painful one isn't liked.

0850 1048 4070 7603

NewWorld Online STATUS

NAME 梅普露 Maple LV 48

HP 200/200 MP 22/22

STATUS

STR 000 VIT 11970 AGI 000 DEX 000 INT 000

EQUIPMENT

新月 skill 毒龍 | 闇夜倒影 skill 暴食 | 黑薔薇甲 skill 流滲的混沌 | 感情的橋樑 | 強韌戒指 | 生命戒指

SKILL

盾擊 步法 格擋 冥想 嘲諷 鼓舞 低階HP強化 低階MP強化 深綠的護祐 塔盾熟練Ⅵ 衝鋒掩護Ⅳ 掩護 抵禦穿透 反擊 快速換裝 絕對防禦 殘虐無道 以小搏大 毒龍吞噬者 炸彈吞噬者 綿羊吞噬者 不屈衛士 念力 要塞 獻身慈愛 機械神 蠱毒咒法 凍結大地 百鬼夜行Ⅰ

6892 1179 0606 0847

NewWorld Online STATUS

NAME 莎莉 Sally LV 44

HP 32/32 MP 130/130

STATUS

STR 100 VIT 000 AGI 163 DEX 045 INT 050

EQUIPMENT

深海匕首 | 水底匕首 | 水面圍巾 skill 幻影 | 大海風衣 skill 大海 | 大海衣褲 | 黑色長靴 | 感情的橋樑

SKILL

疾風斬 破防 鼓舞 倒地追擊 猛力攻擊 替位攻擊 快速連刺Ⅴ 體術Ⅴ 火魔法Ⅲ 水魔法Ⅲ 風魔法Ⅲ 土魔法Ⅱ 闇魔法Ⅱ 光魔法Ⅱ 低階肌力強化 低階連擊強化 中階MP強化 低階MP減免 低階MP恢復速度強化 低階抗毒 低階採集速度強化 匕首熟練Ⅷ 魔法熟練Ⅲ 異常狀態攻擊Ⅵ 斷絕氣息Ⅱ 偵測敵人Ⅱ 躡步Ⅰ 跳躍Ⅲ 快速換裝 烹飪Ⅰ 釣魚 游泳Ⅹ 潛水Ⅹ 剃毛 超加速 古代之海 追刃 博而不精 劍舞 金蟬脫殼 操絲手Ⅵ 冰柱 冰凍領域

...ints are divided to VIT. Because a painful one isn't li...

Welcome to "NewWorld Online"

0557 4654 3729 1094

NAME 克羅姆 HP 940/940 MP 52/52 LV 66

STATUS

STR 130 VIT 180 AGI 020 DEX 030 INT 010

EQUIPMENT

斷頭刀 skill 生命吞噬者
怨靈之牆 skill 吸魂
染血骷髏 skill 靈魂吞噬者
染血白甲 skill 非死即生
頑強戒指
鐵壁戒指
防禦戒指

SKILL

突刺 屬性劍 盾擊 步法 格擋 大防禦 嘲諷 鐵壁姿態 護壁 高階HP強化 高階HP恢復速度強化 低階MP強化 塔盾熟練X 深綠的護祐 防禦熟練X 衝鋒掩護X 掩護 抵禦穿透 反擊 防禦靈氣 防禦陣形 守護之力 塔盾精髓IV 防禦精髓III 毒免疫 麻痺免疫 高階暈眩抗性 高階睡眠抗性 冰凍免疫 高階燃燒抗性 挖掘IV 採集V 剃毛 精靈聖光 不屈衛士 戰地自癒 死靈淤泥

1121 6511 1627 4925

NAME 伊茲 HP 100/100 MP 100/100 LV 52

STATUS

STR 045 VIT 020 AGI 080 DEX 210 INT 050

EQUIPMENT

鐵匠鎚·X
鍊金術士護目鏡 skill 搞怪鍊金術
鍊金術士風衣 skill 魔法工坊
鐵匠束褲·X
鍊金術士靴 skill 新境界
藥水包
腰包
黑手套

SKILL

打擊 製造熟練X 工匠精髓IV 高階強化成功率強化 高階採集速度強化 高階挖掘速度強化 異常狀態攻擊II 躡步III 鍛造X 裁縫X 栽培X 調配X 加工X 烹飪X 挖掘X 採集X 游泳IV 潛水V 剃毛 鍛造神的護祐X

3030 8825 2743 3535

NAME 奏 HP 335/335 MP 290/290 LV 38

STATUS

STR 015 VIT 010 AGI 045 DEX 050 INT 110

EQUIPMENT

諸神的睿智 skill 神界書庫
方塊報童帽·VIII
智慧外套·VI
智慧束褲·VIII
智慧之靴·VI
黑桃耳環
魔導士手套
神聖戒指

SKILL

魔法熟練VI 中階MP強化 低階MP減免 高階MP恢復速度強化 低階魔法威力強化 深綠的護祐 火魔法IV 水魔法III 風魔法IV 土魔法II 闇魔法II 光魔法V 魔導書庫 死靈淤泥

Welcome to "New World Online"

2128 0779 2864 5999

NAME 霞 HP 435/435 MP 70/70 LV 62

STATUS

STR 185 VIT 080 AGI 090 DEX 030 INT 020

EQUIPMENT

蝕身妖刀・紫 櫻色髮夾 櫻色和服 靛紫袴裙
武士脛甲 武士手甲 金腰帶扣 櫻花徽章

SKILL

一閃 破盔斬 崩防 掃退 立判 鼓舞 攻擊姿態 刀術X
一刀兩斷 投擲 高階HP強化 中階MP強化 毒免疫 麻痺免疫 高階暈眩抗性
中階睡眠抗性 中階冰凍抗性 低階燃燒抗性 長劍熟練X 武士刀熟練X 長劍精髓II
武士刀精髓II 挖掘IV 採集VI 潛水V 游泳VI 跳躍VII 剃毛 望遠 不屈
劍氣 勇猛 怪力 超加速 常在戰場

5615 1896 1080 8803

NAME 麻衣 HP 35/35 MP 20/20 LV 36

STATUS

STR 360 VIT 000 AGI 000 DEX 000 INT 000

EQUIPMENT

破壞黑鎚・VIII 黑色娃娃洋裝・VIII
黑色娃娃褲襪・VIII 黑色娃娃鞋・VIII
小蝴蝶結 絲質手套

SKILL

雙重搥打 雙重衝擊 雙重打擊 中階攻擊強化 巨鎚熟練VI
投擲 遠擊 侵略者 破壞王 以小搏大

5272 0557 2241 2738

NAME 結衣 HP 35/35 MP 20/20 LV 36

STATUS

STR 360 VIT 000 AGI 000 DEX 000 INT 000

EQUIPMENT

破壞白鎚・VIII 白色娃娃洋裝・VIII
白色娃娃褲襪・VIII 白色娃娃鞋・VIII
小蝴蝶結 絲質手套

SKILL

雙重搥打 雙重衝擊 雙重打擊 中階攻擊強化 巨鎚熟練VI
投擲 遠擊 侵略者 破壞王 以小搏大

Welcome to "NewWorld Online"

序章　防禦特化與道具

在第六次活動不能補血的叢林裡探索時，梅普露碰見【聖劍集結】的會長培因，用她引以為傲的防禦力穩穩保護這位頂尖玩家，在叢林中大殺四方。雖然培因騎在【暴虐】狀態的梅普露背上時表情始終是非常複雜，不過一碼歸一碼。

後來梅普露怎麼也打不到進入叢林用的傳送水晶，和克羅姆聊到一般區域野外的事之後，興致就完全轉移過去了。

於是，即使突然變成冤大頭的魔王怪「光之王」一度成功逼退了梅普露，她也不因此灰心，決定買齊道具重新攻略。

打點好道具後過幾天，梅普露踏上了那片落雷不斷的雲海。

「這次打得贏嗎……沒什麼把握耶。」

仍有不安的梅普露，包包裡裝著一大堆特別為這次準備的各式道具。

只要有其中一項能造成有效打擊，推王之路將因此而開。

「還是有徒勞無功的可能……不過等到全部試過一次再說吧！」

不久，寶座再度出現在梅普露眼前。

「好～開打嘍～開打開打！」

梅普露走向寶座。和上次一樣，白光在座位上凝聚成人形。

神聖的光輝在地面擴散，射出光箭。

「這次不理你嘍？」

梅普露沒跟他對射，直接正面抵擋箭矢，直直走到王的腳尖前。

然後毫不在乎滿天箭雨，打開道具欄查看。

「嗯……一個一個試吧。」

梅普露從道具欄取出一張紙，貼在王腳尖上。

紙隨之發出紅光，轟轟燃燒。

「呃……沒用？火也沒用嗎，那再來換這個！」

她又拿一張紙貼到腳尖上。

這次紙發出尖銳聲響，凍住了那部分。

「啊，ＨＰ扣了一點點！好……」

梅普露在腳尖前開著道具欄坐下，一張張拿出來反覆地貼。

如此死命狂冰光之王腳尖的攻擊，最後總共磨去了大約一成ＨＰ。

沒有。

「嗯……用光了。換下一個。」

梅普露就這麼改試其他道具，用光了就換下一種，慢慢削減魔王的ＨＰ。

魔王的攻擊在這當中也曾變得更加猛烈或附加特效，然而全都被她彈開，一點事也沒有。

「魔法攻擊道具全部用光了……火和風都沒效，留著以後有機會再用吧……嗯～」

梅普露查看光之王的ＨＰ。

雖有明顯下降，但仍有六成。

她用的都只能造成很小的傷害，這也是無可奈何的事。

看來得用上價格不斐，效果也相當高的道具，才能對光之王造成可觀的傷害。

「那再來換這個！」

梅普露接著掏出正好能一手握住的紅色石頭，往光之王腳尖一砸。

石頭彈開，造成1點傷害。

「好耶！」

這個打法是梅普露在城裡散步時從路人對話中想到的。

石頭很便宜，且必定會造成1至3點傷害。

其實當時路人是在討論能否用這種石頭打倒她。

結論是用穿透技能肯定會省事好幾倍，但是只聽見一部分對話的梅普露並不知道這種事。

「你等著……我還有很多很多！」梅普露不斷重複拿石頭出來丟，慢慢削減光之王的ＨＰ。

儘管非常耗時，現在只有梅普露單方面造成傷害，勝率是百分之百。

這樣的戰鬥，一直持續到背包裡一卡車的紅石丟完才結束。

「嘿！嘿～！很好很好，一半了！嗯？」

梅普露靠紅石把王砸剩半條血時，王身邊出現兩名天使。

他們在天上飄來飄去，並朝梅普露放箭。

「沒用沒用沒用！……也不是？這什麼？」

箭矢拖曳的金光絲線纏住了梅普露，釘在雲所構成的地面上。

金線沒有因梅普露移動位置而斷裂，只是隨之伸長。

「唔～這是……啊，ＭＰ被吸掉了。算了，隨便他吸啦，反正對我不重要。」

金線如同其束縛玩家的外觀，也有降低【ＡＧＩ】的效果，可是零再怎麼降還是零，對梅普露沒有影響。

「好～再來一次。」

梅普露拿出石頭轉向光之王時，發現他出現變化。

光之王頭上浮現光環，且有一對微光構成的巨大翅膀貫穿寶座向後伸展。

接下來對梅普露而言最糟糕的變化出現了——光之王的ＨＰ開始逐漸恢復。

「咦！等、等一下！」

梅普露急忙重啟攻勢，但跟不上恢復速度，投注大量道具才削減的ＨＰ不久就全補滿了。

「太奸詐了！這樣太奸詐了啦！」

她氣得拿短刀猛戳才剛用石頭狂砸的腳尖，但無法給予任何傷害。

「唔唔……！啊～氣死我了，買錯的這個也送給你啦！」

梅普露操作道具欄，將幾十塊醬菜石都拿出來砸光之王的腳。

她在商店買必定能造成傷害的紅石時看到什麼就買什麼，一不小心就買了這些完全沒用的東西。

「回去吧……唉……討厭……」

梅普露就此拖著一身金線，在傾注的箭雨中喪氣地走。

「嗚嗚……害我浪費這麼多錢……」

這天登出以後，梅普露擺著一副比平常臭了點的臉在房裡打滾，什麼也不想做。

◆□◆□◆□◆□◆

隔天。

梅普露帶著麻衣和結衣來報仇了。

「哇！好可怕的閃電喔……」

「唔唔……嚇死我了。」

「我一開始也有嚇到喔～」

背上長出燦爛白翼的梅普露微笑著說。

「呃……今天不是……」

「我知道，我會速戰速決的。對不起喔，拉妳們來幫忙……」

梅普露真的很過意不去似的低頭道歉。

「沒關係啦，我們兩個走太慢，很難在那麼大的叢林裡面逛，所以已經放棄了……是吧，姊姊？」

「對呀，結衣。這樣還比較好玩呢。」

兩人認為這是回報梅普露在第四階幫她們解任務的機會，便跟隨梅普露三度來到寶座前。

「這次一定要幹掉他。」

梅普露說完邁開步伐，往光之王進逼。

◆□◆□◆□◆□◆

結果是顯而易見。

梅普露伸展絕對的守護白翼，帶著結衣麻衣前進。

光箭無法阻止她們的腳步，三人緩慢但確實地縮短距離。

抵達王腳下後，梅普露請兩人做好準備。

「好，等一下喔。」

結衣麻衣各自拿出伊茲提供的道具來用。

身上冒出紅色靈光等各種特效，表示攻擊力獲得提升。

最後裝上兩把巨鎚，準備完畢。

「啊，對了！【鼓舞】！」

這是梅普露在第二次活動中取得，但幾乎沒機會用的技能。

結衣麻衣的【ＳＴＲ】將因此暫時提升20％。

她們的【ＳＴＲ】光是提升20％，火力就與丟紅石的梅普露有天壤之別。

經過最後一推，結衣麻衣終於邁出真的會搥爆光之王的步伐。

「「雙重打擊！」」

一手一鎚的兩人總共擊出八次堪稱雷動的巨響，王的血瞬間歸零，再也沒有動靜。

接著構成光之王形體的光消解成無數亮光。

灑落在三人身上，為她們帶來獲得技能的通知。

「贏啦！哼哼～！你也會叫兩個天使出來，這樣條件就一樣了。啊，快來看技能。」

梅普露連忙查看技能內容。

【天王寶座】

技能發動後，坐在寶座上的玩家獲得20％減傷且每秒恢復2％ＨＰ，直到技能解除或使用者無法戰鬥為止。

半徑三十公尺內，包含自己在內的所有玩家不可使用【屬性：惡】的技能。

技能解除後五分鐘才能再度使用。

「啊……原來是這個的緣故啊。」

梅普露總算明白技能遭到封禁，使她陷入苦戰的原因。

就是這個效果使她的大多數技能失去作用。

「我試用一次看看……【天王寶座】！」

剎那間，萬丈金光凝聚於梅普露背後，化成寶座。造型與光之王的寶座相同，但成了適合梅普露的小尺寸。

梅普露戰戰兢兢地坐上去，同時大片白光蔓延至整片地面。

此外，還有一層淡淡的光膜裹覆全身表面。

背上還跟光之王一樣，有對閃亮的翅膀穿過椅背，向後伸展。

「喔喔……不錯喔……好漂亮。」

光憑絢麗特效與外觀，這寶座就瞬時衝上了梅普露想用技能的前幾名。

梅普露並不是故意蒐集會被封印【屬性：惡】技能，攻擊能力會因此降低也是沒辦法的事。

結衣麻衣見到梅普露笑嘻嘻地坐在寶座上甩腳，問道：

「梅普露？呃……那是什麼？」

「嗯？奇怪，妳們沒拿到這個技能啊？」

「對呀，我們拿到的是剛才魔王用的那種光箭。傷害不是看【ＳＴＲ】，我們大概不會用吧。」

這讓梅普露覺得有點奇怪。

不禁想是什麼使她們獲得不同技能。

想到的是如今也仍持續作用，給她天使之翼的【獻身慈愛】。

「那個王也有翅膀……會是這個緣故嗎。沒寫條件耶。」

梅普露離開寶座，準備帶結衣麻衣回去。

緊接著，裹覆她的光膜消失不見，散布於地面的光也沒了。

「啊，對喔，要坐在寶座上才有。就這樣吧，我們回去嘍。」

「「好～」」

「嗯……？咦，等一下喔。」

原想帶人回巢的梅普露才走一步就停下，掩著嘴思索起來。

不久之後。

一隻背負寶座，正下方地面有片白光的巨龜，飛過滿天落雷當中。

「糖漿，會重嗎？」

梅普露對背負寶座的糖漿問。

顯現在糖漿背上的寶座放得四平八穩。

目前看不出那對糖漿有任何數值上的負擔。

「目前就這樣坐在糖漿背上飛好了，反正還有【機械神】能用……嗯，好像不錯喔！」

「梅普露，我們快飛出打雷的區域嘍。」

白雲逐漸顯現於結衣所指的方向。

「嗯，對啊。再來做什麼？」

「呃……我們想練一下等級。」

麻衣之所以這麼說，是因為她們的等級還不到這個階層的預設等級。

「要是不能一擊打倒敵人，我們就活不下去了。」

「嗯～我也需要升級呢。最近都沒什麼練。」

三人一邊聊，一邊往正下方投射光燦燦的神祕領域。

背負寶座的糖漿逐漸往一般地帶飛去。

而這麼明顯的東西在天上飛，當然會有人看見。

一名巨劍玩家眼神飄渺地仰望她們。

「呼……飛過去了耶。而且……」

然後盯著底下地面看。

「不管怎麼看……都是在發光呢……」

286名稱：無名長槍手
梅普露最近還滿安分的嘛。

287名稱：無名弓箭手
不過之前把地面冰起來惹。

288名稱：無名魔法師
把地面冰起來還好啦，
人家梅普露耶。

289名稱：無名巨劍手
她的烏龜剛才揹著白色寶座飛過去耶。

他們正下方的地面上好像還在發光。

２９０名稱：無名長槍手

才剛說她最近比較安分而已……

２９１名稱：無名魔法師

一直說她魔王，結果現在真的坐在寶座上飛過來了呢。

２９２名稱：無名弓箭手

不過那像是聖屬性的感覺。

還保留了天使的部分。

２９３名稱：無名塔盾手

你們在說什麼，我怎麼都不曉得。

２９４名稱：無名巨劍手

嗯……那個寶座好像是她用技能放在龜殼上的，不曉得有什麼效果。

我去過他們正下方，沒吃到什麼像是天罰的東西。
都準備死回城了呢。

２９５名稱：無名長槍手
寶座放龜殼上絕對很不正常吧？
一般只能放地上吧？

２９６名稱：無名塔盾手
不是恢復類就是防禦類……應該不是廣域殲滅攻擊。

２９７名稱：無名魔法師
不要坐著丟那種東西。
拜託不要。

２９８名稱：無名弓箭手
既然擺一個寶座在那邊，說不定需要坐在上面。
不過梅普露什麼都有可能就是了。

２９９名稱：無名塔盾手
她平常也不會到處跑來跑去，
可是每次都只會帶好東西回來。

３００名稱：無名巨劍手
她好像還有召喚出兩隻大鬼，
好幾公尺那麼高。
超帥的啦！

３０１名稱：無名長槍手
家臣又變多啦……
真的是魔王屬性吧？寶座什麼時候變黑？

３０２名稱：無名弓箭手
很強的樣子。
現在知道梅普露會哪些東西？

３０３名稱：無名魔法師
劇毒　一碰就死盾　浮遊　召喚異形　異形化　天使化
長一堆槍　凍結地面（ｎｅｗ）　召喚大鬼（ｎｅｗ）　放寶座（ｎｅｗ）

然後硬到爆。

３０４名稱：無名塔盾手
是不是從地城最深處跑出來的呢！

３０５名稱：無名巨劍手
拜託不要在最深處擺這種東西。

３０６名稱：無名魔法師
這樣誰打得贏啊！
寶座的能力要等下次ＰＶＰ活動才會知道吧。

３０７名稱：無名長槍手

讓我們期待勇者培因的表現。

３０８名稱：無名弓箭手

當時我是被輾過的村民Ａ呢……

守寶珠的時候看到有東西從黑暗裡現身的時候，根本想不到那是梅普露。

３０９名稱：無名塔盾手

不過她本體還是人啦。

３１０名稱：無名長槍手

這點不能動搖啊，不然真的要變成魔王了。

３１１名稱：無名巨劍手

而且是ＲＡＩＤ王？

能健健康康長這麼大真是太好了。

312名稱：無名弓箭手
嗯～頭好壯壯呢。
搞不好現在就有哪裡又成長了。
313名稱：無名魔法師
可怕又可愛。

第一章　防禦特化與雨傘

第六次活動就這麼於梅普露坐在【天王寶座】上到處亂飛時結束了。
到最後，她都沒有再進入叢林。
活動結束，攻略行動又告一段落，恢復平常心的梅普露來到【公會基地】。
「活動不知不覺就結束了呢……可是叢林的傳送水晶真的好難打……」
梅普露開始想再來要做什麼時，莎莉走進基地裡。
她揮揮手，走向梅普露。
「怎麼樣啊，梅普露？在叢林有戰利品嗎？」
莎莉接著補一句：「我成果還滿豐碩的喔。」表情像是得到了很棒的東西。
「嗯……沒打到什麼耶。後來就像平常一樣逛這一階地圖了。」
「呃，也是啦，叢林也不是說去就能去嘛……那妳在這邊有戰利品嗎？」
「這邊就有打到喔！」
梅普露春風滿面地回答，一副很有收穫的樣子。

「喔，怎樣的東西？」

「寶座！」

「咦……抱歉，可以再說一次嗎？」

「……？寶座！」

「這樣啊……」

莎莉大致猜到發生了什麼事，往沙發上梅普露的身邊坐下。

她這次也在活動中投注很多心力，很久沒見到梅普露了。不過能聊的很多，例如寶座怎麼來的，或是她自己在叢林的見聞，不缺話題。

聊著聊著，話題轉到下一階上。

「既然活動結束了，可能再過不久新地圖就要上線嘍。」

「是啊～再來不曉得是怎樣的地方。希望會很漂亮。」

梅普露的想像力開始為未知的景象奔馳。

有美麗的海岸、靜謐的森林或熱鬧的城鎮。

「所以呢，我們來把這裡沒做的事都做一做吧？」

「還有什麼沒做啊，莎莉？」

「嗯～比如說妳還沒去過的地方啊。有一個地方會下很慢的雨，我們去把那邊打掉吧。」

這個會下慢雨的地方，即是先前克羅姆和霞發現的地方。第五階地區是位在天上的幻想國度，沒有過去階層都有的土地或森林。地面是雲朵，地城的牆當然也都是雲。除特殊區域會有雷雲或雨雲散布，基本上走到哪裡都是白色。

莎莉說網路上已經有很多攻略資訊，能拿到什麼都記載得很詳細。

「莎莉，妳不去一直打雷的那個地方嗎？」

「不用了啦，妳講的技能對我來說沒什麼吸引力。」

「是喔。那……走吧？」

「嗯，我們先做點準備再去那裡。」

就這樣，兩人決定攻略慢雨區。

當她們要開門離開基地時，門正好打開了。

「喔，妳們兩個要出去啊？」

出現在門另一邊的是霞。

她單純只是來基地看看，並沒有特定目的。

「我們要去下慢雨的地方，就是妳之前說的那裡！」

「喔，那裡啊……那剛好，可以帶我一起去嗎？」

霞見機不可失，向兩人問。

梅普露和莎莉也沒有理由拒絕，三人組隊出發。

「對了，霞，妳有那個嗎？」

「我還沒買，都在打活動。」

「……？」

梅普露歪起頭，聽不懂她們在講什麼。

見狀，莎莉忽然拋出一個問題。

「梅普露，知道下雨的話，要帶什麼東西？」

「呃……雨、雨傘？」

梅普露答得很沒自信。

「沒錯，就是雨傘。打那個地方，雨傘可是很重要的喔。」

「所以我們現在要去買傘，店鋪的位置也已經查好了。」

於是霞和莎莉一起走前面帶路，梅普露在後面慢慢地跟。

三人一路來到傘店。

店裡擺滿各式雨傘，種類顏色大小五花八門。

「呃，選哪個好啊？」

「每個效果都一樣喔～」

「嗯，那我知道了。」

梅普露說完就開始在店裡打轉，這裡那裡到處挑到處看。

「我買這個好了。」

「我喜歡素一點的。」

霞選了暗紅色的油紙傘，莎莉則是搭配穿著的藍色雨傘。

「梅普露在……找到了！呃，那什麼？」

梅普露手上的是所有組件都由輕柔雲朵構成的傘。

「這裡限定的喔！」

「梅普露，妳真的對限定很弱耶。」

「唔……好啦，真的是這樣。可是這一樣是貨真價實的雨傘喔，妳看！」

梅普露在頭上撐開雲傘轉動起來。

「既然是要付錢買的，應該是真的能用吧。沒問題的……大概。」

遇到梅普露，霞什麼事都不敢說得太死。

總之，三人帶著各不相同的傘走向慢雨區。

◆□◆□◆□◆□◆

路上遇過幾次怪物，但當然是威脅不了梅普露幾個。

三人筆直前進，毫不費力地抵達目的地。

「嗯~還是下個不停耶~梅普露，雨傘拿出來。」

「好，知道了。」

梅普露從道具欄取出雲傘，其他兩人也是如此。

「只要撐著傘，就不用怕天上掉下來的雨珠了，但還是要注意得閃避在附近地上炸開的喔。」

「知道了！那我們走吧。」

三人撐起雨傘，慢慢踏入慢雨區。

「太好了，不會滲水。」

確定有雨滴砸上傘蓋的感覺但沒有滲水，讓梅普露放了點心。

頭頂上的傘雖然不太像傘，也十足發揮了傘的功用。

「所以說那間店賣的傘功能都有掛保證吧……距離魔王還有一段路，我先把妳要做的事說一說喔。」

莎莉接著講述魔王的打法。

「嗯嗯嗯，收到。看我的！」

聽完簡報後，梅普露點頭回答。

「妳們也真會抓時間，剛好到了。」

霞說完收起了傘。

頭上一樣是烏雲密布，不過沒有下雨。

梅普露和莎莉也收起傘，確認各自任務。

三人確認完畢便踏入魔王區。

「魔王來嘍！」

前方有水團湧出雲所構成的地面，徐徐化為人形。

搖搖晃晃的軀體中，有一團特別藍的地方。

表示那是魔王的核心，也就是弱點。

當魔王完全成形，灰濛濛的天空出現變化。

「又要下雨嘍，梅普露！」

「嗯！照計畫來！」

「拜託妳們嘍！」

各有任務的三人開始動身。

魔王隨之反應，液體手臂變化為劍形。

然後嘩啦啦地踏出大把水花，衝向她們。
且不僅如此，天上還有直徑有一公尺那麼大的水球慢慢掉下來。
「好，先放【大海】！然後【凍結領域】！」
當霞奔向魔王時，莎莉在原地使用兩個技能。
產生的海水瞬時凍結，閃亮的白色寒氣沿地面散開。
「好……【操絲手】【冰柱】。」
莎莉再使用兩個技能。
並在梅普露眼前，用手掌射出的絲線高速登上平地升起的冰柱。

「喔……好帥……哎呀呀，我也該準備了！【全武裝啟動】！」
讚嘆莎莉之餘，梅普露將她的武器指向天空。
她有兩項工作。
一是破壞莎莉凍結在空中的水團。
另一個是在魔王的注意力因此轉向梅普露時承受其攻擊。
梅普露向天開火，將莎莉凍結的水團全部炸碎。
由於凍在空中的水團不會掉下來，才能像這樣破壞。
水團和先前的慢雨區一樣，有降低速度的負面效果。

第一步就是封殺這個問題。

「莎莉好厲害喔，飛來飛去的……」

梅普露喃喃地說。

眼中是在遙遠空中高速穿梭於冰柱之間，到處凍結雨滴的莎莉。

「帥呆了！」

梅普露看得眼睛都發亮了。然而精湛的技術往往是經過無數努力才能成就，莎莉也不例外。

「【右手：吐絲】【右手：收縮】【左手：吐絲】【左腳：吐絲】【左手：收縮】【右腳：吐絲】【右手：吐絲】【右手：收縮】【左手：吐絲】。」

莎莉接連不斷地下指令操縱絲線。

技能產生的絲線有時收縮，有時在絕佳時機消失。

莎莉在空中飛竄的同時也小心地控管絲線，以免發生失誤。

最後在冰柱上著地，稍喘一口氣。

「呼，這樣第一階段就結束了。要是讓雨直接掉下去，就會滿地都是負面效果……後面也不好打，還要再多加把勁才行。」

破壞一定數量的水珠後，一直用劍敲梅普露頭的魔王行為產生變化。體內核心移動位置，潛入雲地之中。

接著，地上出現好幾個同樣有核的分身。

分身會在雨滴砸落地面時增加，讓人更難擊中真正的核心。由於三人在處理雨滴上花了點心思，分身的數量被壓在初始值。

「好，很成功的樣子。那就……【血刀】！」

霞久候多時般這麼說，且手上妖刀化為紅色液體。

她的ＨＰ也隨之暫時削減過半。

不過效果十足，血所構成的刀刃往空中瘋狂延伸，或是在地面奔竄，攻擊所有核心的同時將白雲大地染紅。

「不知道刺哪個的話，全都刺就對了！」

刀刃在攻擊結束後恢復原狀，回到霞手邊。

這招在單打時會有危險，但現在有梅普露吸引魔王，可以安全使用。

「好，再重複三次就行了吧。這魔王還滿難纏的嘛。」

「霞！記得喝藥水！」

「喔！」

只要有一個水團落地，就得多花人手處理，使戰況逐漸惡化。三人直到魔王倒下之前，都必須不斷採取最佳行動。

就這樣，她們在這一階最後的魔王戰來到不能掉以輕心的第二階段。

雖說是第二階段，要做的事基本上並沒有變。

除梅普露外，霞和莎莉的腦袋都已牢記魔王每個階段的攻擊方式。

因此當突破第一階段時，她們已經勝券在握。

「雨滴掉落的速度變快啦。莎莉……還是有控住。」

降雨速度會隨魔王的行動階段加快，量也會增加。

由於梅普露穩穩拉住了魔王，霞得以注視天空，等待處理莎莉來不及冰凍的雨滴。

可惜莎莉的封殺是滴水不漏，讓霞只能看著她在天上跳來跳去。

「連莎莉都能在天上……喔不，跟梅普露比起來還算普通。」

莎莉是在冰柱之間跳躍，並不是在空無一物的空中飛舞。

「她在森林裡也能自由地到處飛竄吧。喔不，森林裡能踩的地方多很多，說不定機動力會更高呢。」

霞這麼想時，魔王的核心再度移動，這次分身比上次多了些。

「【血刀】！」

以霞的ＨＰ為代價喚出的赤紅刀刃重新延展，這次也成功地一舉破壞所有核心。

「這麼多也能一次解決啊。嗯，比【紫幻刀】好用一點。可惜威力有點低……」

當霞完成自己的任務，魔王的注意力終於轉向持續破壞核心的她。

然而她【ＡＧＩ】高，不至於被攻擊速度很慢的魔王逮中。由於梅普露動作不只是慢，根本就是在原地不動，魔王才能單方面攻擊至今。

「差不多要用雨以外的遠程攻擊了吧。」

而且霞早已掌握他的行為模式，根本沒有陷入困境的可能。

到最後，莎莉連一顆雨滴都沒放過，不給魔王製造有利環境的機會。

且梅普露的子彈從沒停過，霞也沒有被王打倒。

一切按照計畫順利結束。

當最後一次血刃刺穿核心，魔王爛糊糊地崩塌潰散。

「呃～我的祕密武器寶座……都沒機會用。」

在有點哀怨的梅普露面前，莎莉藉著冰柱跳到地面上。

「哇……第一次在實戰裡用新招就是打魔王，累死我了。原本設計好像不是讓人用來到處飛的東西，這也是沒辦法的吧。」

莎莉嘟噥著伸起懶腰。

「莎莉，妳好厲害喔！」

「嗯～會嗎？謝謝喔。這樣就能超越妳……應該還是不行吧。不過有這招以後，說不定能跟妳一起打空戰了。」

「喂——妳們來這邊！寶物掉在這裡——！」

兩人隨霞的呼喚過去撿起寶物，查看效能。

「雨水晶」
最多製造三個水團，接觸者【ＡＧＩ】降低50％。每分鐘能使用一次。

莎莉看過效果後立刻試用，直徑約五十公分的水團憑空出現，飄浮在半空中。

「不過這個水團好像打一下就會消失，恐怕不好用……莎莉，妳可以把它拿來踩嗎？」

「我也是這麼想，要先試試看才行。這好像很難用來打人。」

莎莉的想法是配合【冰柱】效果，讓她能在空中飛躍更長時間，所以她才拉梅普露來打這隻王。

「那我應該怎麼用呢……等怪衝到面前的時候用看看好了。」

等對方逼近時來個措手不及或許很有效，但梅普露是否來得及反應還是未知數。

至此，這階層能做的已全部做完，現在梅普露幾個只能等待新活動下一階上線。

「回去吧。」

「是啊，我們回去吧。」

梅普露看著另外兩人準備收工回家，泛著賊笑大叫技能名：

「……【天王寶座】！」

背後隨這一喊冒出白色寶座。

「咦……！」

「嗯？」

兩人錯愕地看看梅普露，再看看周圍。

「嗯哼～我想秀這招很久了。怎麼樣，有沒有嚇到？很漂亮吧～！」

梅普露笑嘻嘻地說。

「呃……是有嚇到，但不是因為漂亮。」

「是啊。看妳還是跟平常一樣，我反而有點安心呢。」

「……？」

梅普露一時聽不太懂霞說的話。

第二章　防禦特化與前進第六階

時間來到三月初。

第五階地區的地城裡設置了可供通往第六階的路。

在拓荒潮中，梅普露幾個【大楓樹】成員也準備攻略地城。

「聽說這次的魔王是雲組成的水母，會放好幾種負面狀態。」

霞簡述魔王資訊。

聽了這句話，克羅姆先問：

「物理攻擊有效嗎？」

「有。」

「今天……麻衣跟結衣都在呢。」

莎莉補充道。

克羅姆接著再問：

「有穿透攻擊嗎？」

「目前沒人遇到。」

霞的回答讓克羅姆吐一大口氣，微笑回答：

「那就贏定了吧。」

「是啊。」

「沒錯。」

今天【大楓樹】所有成員都在【公會基地】裡。

可以用最完整的戰力痛宰魔王。

三人的自信不是來自傲慢，純粹是理所當然的事。

聊著聊著，在裡頭房間作準備的伊茲等五人來到大廳。

「走吧！殺爆魔王邁進第六階！」

「那我們一起坐糖漿去吧？」

梅普露的提議獲得一致贊同，於是【大楓樹】全員就此騎在龜殼上，輕飄飄飛進雲海裡。

◆□◆□◆□◆□◆

「到嘍！」

梅普露操縱糖漿落地，摸摸牠的頭收回戒指裡。

八人面前，雲所構成的地城入口張著大嘴歡迎他們。

「我們進去吧？」

「梅普露妳帶頭，我跟霞殿後。只是保個險啦。」

事情如克羅姆所說，真的只是保險而已。因為梅普露在半路上就已經發動了【獻身慈愛】。

「比如說，不曉得會不會有怪能解除技能嘛……」

一行人將結衣麻衣夾在中間，穿過狹窄通道。

基本上，直到能讓她們發揮本領的魔王戰之前，她們都是被人保護的立場。

「其實我是覺得梅普露可以單吃啦。」

「我也是這麼想。」

霞和克羅姆這麼說時，梅普露的塔盾正一如往常地靠【暴食】吞噬前方直衝而來的雷雲。

「前進～！前前進～！」

有了【暴食】，在不必顧慮偷襲的狹路上單單只要挺出盾牌，怪物就拿她一點轍也沒有。

如果這裡只有她一個，她還能用毒液淹滿通道，現在這樣還算和藹可親的呢。

有辦法打倒梅普露的怪物，根本就不應該放在路上當小嘍囉。

雖然她自己來打可能會有迷路或跑錯地城的問題，但現在有莎莉帶路，找到魔王房是易如反掌。

當全員開門進入全由雲構成的魔王房，天花板的部分便開始膨脹。

接著分裂成觸手狀的雲慢慢伸開，形成水母的模樣。

「喔喔～！好像很嫩！」

「可是有毒喔。梅普露，可以去應付它一下嗎？」

「ＯＫ～！」

梅普露就這麼跟逼來的一條條觸手玩了起來。

觸手的麻痺效果對梅普露沒用，摸起來真的很舒服。

儘管觸手鞭打得很用力，還是一樣被她彈開。

背後，在梅普露庇護下帶著滿身提升效果逼近到極限的結衣麻衣看見的攻擊機會。

不久之後——

「嗯，我們走嘍！」

「應該沒問題……！」

兩人確定梅普露穩穩引開注意之後，雙手各舉比她們還高的巨鎚走向水母。

「啊，水母先生對不起喔？我們要打倒你才能到下一階去。」

梅普露注意到兩人接近，有點惋惜地放開軟綿綿的觸手，離開水母。

「「【雙重搥打】！」」

「再來幾下喔，姊姊！」

「嗯，好的……！」

水母本體中了好幾下攻擊，還來不及用觸手捆住她們就被轟得老遠，碎成一塊塊小雲消散了。

「會死得這麼慘，主要是因為它物理抗性不高吧～」

「哎呀，我也是這麼想。」

將結衣麻衣強化到一擊必殺境界，造成這慘狀的正是這兩人——奏和伊茲。

不過他們的話也有道理就是了。

就這樣，八人毫不費力地前往未知的第六階。

「莎莉，第六階是什麼樣的地方啊？」

「嗯～我沒有去查相關資訊耶。呵呵，這樣才能用新鮮的心情跟妳一起看第六階是什麼樣啊。」

「嘿嘿嘿～我也好期待喔！」

「不管什麼地方都沒關係……如果是方便吊絲的就更棒了。」

很快地，通往新階層的出口出現了。

展現於八人面前的景象，是一大片的荒野和滿地陳舊墓碑。

陰暗之外還帶點薄霧，被天上的月亮照得格外陰森。

「喔喔……嗯？」

正欣賞著景色的梅普露，感到右手被抓住而轉頭。

「這、這下不是沒關係了……」

看到的是整張臉都綠了的莎莉。

大部分的遊戲都會設有恐怖區域，而它終於在「NewWorld Online」最新的第六階登場了。

梅普露幾個和過去一樣，先往【公會基地】走。

路上，莎莉始終緊抓梅普露的右手，以並非搜尋敵人的眼神緊張不安地東張西望。

基地外觀雖是破屋，裡頭仍是一如以往的舒適環境。

大夥前往各自房間，或是為查看各設施位置而離開大廳，只有梅普露和莎莉留下。

「呼……終於能放心了。」

莎莉大口吐氣，操縱面板準備登出。

「拜啦，梅普露……等第七階上線我再回來……」

「咦！」

莎莉有氣無力地微笑，不等梅普露回答就逃跑般消失了。

也不是逃跑般，真的就是逃跑，但梅普露很清楚莎莉怕鬼，知道這是沒辦法的事。

「不能跟莎莉一起逛地圖了呢。」

就像梅普露怕痛一樣，莎莉也有討厭的東西。

「她都說成那樣了，應該是不會回來了吧。」

這次只好忍痛放棄，自己一個人到街上看看。

於是梅普露離開大廳，左看右看想決定先往哪走。

「嗯，我就全部逛一遍，等莎莉回來以後當她嚮導吧！」

梅普露懷起這樣的期許，走在映照月光的夜路上。

「哇……到處都是破房子。雖然裡面應該還是正常啦……嗯？」

走過完全坍塌的房子時，不時會有溫溫或冷冷的風輕輕抹過她的脖子。

回頭一看，背後什麼也沒有。

「看樣子，莎莉在晚上連城裡都不敢走呢。」

窗戶另一邊還有鬼火忽隱忽現。莎莉感官比梅普露敏銳很多，注意力非常容易被這些東西分散。

「總之先找一間店進去看看吧！」

梅普露這麼說，走進燈光昏暗的店舖裡。

當梅普露四處探索時。

返回現實世界的理沙躺在床上發悶。

「啊～我不行啦。不打第六階也還好，到其他階練等就行了。」

理沙說得像一點也不戀棧，可是沒過多久卻又蒐集起第六階的資訊。

首先得知的是，這裡能拿到幾種關於提升ＭＰ的技能。

「奏應該會去拿吧……有點想要耶……可是怨靈？骷髏？不行不行。」

看著出沒的怪物，理沙喃喃自語。

之後也繼續蒐集資料，將目前數量不多，但產地明確的技能和道具都看過一遍。

收穫是可以施加負面狀態的技能，低機率使部分道具效果加倍的技能，以及強化【AGI】的加速技能。

而且有消息提到，有一雙鞋子能在空中製造透明的踏點。第三階的飛行器不能拿到其他階層使用，有了這項道具，說不定又能做出原本只有第三階做得到而不得不放棄的動作了。

「啊啊～嗚嗚……呃，嗯～！啊啊……！」

理沙一邊用很難聽的聲音呻吟著，手指一邊在螢幕中的字句上滑動。但不管重看多少次，螢幕上的字都沒有任何改變。

理沙就這麼想開遊戲又斷念、想開遊戲又斷念，在房裡來回踱步，最後渾身無力地倒在床上，任這天過去。

第三章　防禦特化與鬼屋

【大楓樹】攻進第六階後不久。

梅普露今天也一樣進入了ＮＷＯ的世界。

現在是為了維修【大天使】套裝而來到【公會基地】。

即使人不會受傷，裝備還是會磨損。

「……看到裝備傷成這樣，能感覺到怪物的攻擊力真的變強很多呢。」

「我也要努力提升防禦力才行！」

「不過完全不補充補血藥，就已經說明了一切了……」

梅普露從伊茲手上接過裝備，裝回【快速換裝】欄位裡。

「好，今天也來逛地圖！」

而梅普露正想出基地時，一個意外的人物開門進來了。

「咦！莎莉？」

「啊……梅普露啊。」

「咦咦？妳怎麼會來呀？」

莎莉跟著對非常意外的梅普露說明上線的原因。

主要是因為有很多怎麼也不能放過的技能和道具。

不過一出野外就發現實在走不下去，於是回來求助。

「ＯＫＯＫ～，那我來幫妳吧！剛好我現在也找不到事做。」

「真的……很感謝妳……」

「那我們趕快走吧！」

梅普露就這麼牽起莎莉變得十分孱弱，與平時截然不同的手，走出基地。

牽著莎莉來到野外後，梅普露叫出糖漿並巨大化，騎到背上輕摸牠說：

「拜託嘍。【獻身慈愛】！【天王寶座】！」

寶座出現在龜殼上，梅普露跟著坐下去，莎莉坐在前方龜殼上閉著眼睛。

梅普露使糖漿浮上天空後停下來問：

「莎莉，要去哪裡。」

「城鎮西邊有一棟洋樓……就是那裡。」

「知道了，西邊是吧～」

糖漿隨指示慢慢轉向，開始往西方移動。

「唉……可怕的現在才開始……媽啊。」

莎莉兩手遮臉，在龜殼上縮成一團。

兩人一路順遂地前進，直到梅普露忽然大叫：

「啊！」

「咦？怎麼了……」

莎莉隨梅普露的叫聲抬起頭來。

赫然見到一個臉色蒼白的女性飄在她面前。

還伸手要碰她的臉。

「…………！」

「【砲管啟動】【開始攻擊】！」

幾乎就在莎莉撲抱梅普露的同時，槍彈將幽靈轟得灰飛煙滅。

「怎麼出得這麼近啊。」

「亂、亂來！怎、怎麼可以那樣！」

莎莉緊抱梅普露不放，指著空中叫。

「幸好有寶座，她也只能碰而已，放心吧！」

「唔咦咦……」

「可是好像沒打死喔，馬上又會過來了。啊，來了兩個！」

幽靈發出痛苦呻吟，飄忽地接近。

「除靈！」

梅普露先將拿圍巾包住臉的莎莉擱一邊，專心趕跑幽靈。

一會兒後，眼下出現一棟破破爛爛，像是洋樓的大建築。

周圍霧氣比他處更濃，看不清全貌了。

「莎莉，我們到嘍！呃，大概吧……妳看一下？」

「沒有鬼嗎？」

「嗯～沒有耶！放心！」

梅普露查看四周後向莎莉回報，莎莉將圍巾扒開一條小縫隙，往底下看。

「嗯，沒錯，就是這裡。好……好！我們走！」

「那我要降落嘍～」

梅普露使糖漿慢慢降落，牽著莎莉的手踏上地面。

然後取消寶座，讓糖漿恢復原來大小。

畢竟巨大化的糖漿根本無法在洋樓裡自由行動。

用圍巾包著頭不能探索，莎莉也恢復原樣。

「投降一次就沒救了……要無心，無心……」

「走嘍，莎莉？」

「我、我還沒做好心理準備……」

「……妳之前準備一個小時都沒準備好喔，這次我要狠下心來！」

梅普露還記得以前莎莉進鬼屋之前花了一個小時作心理準備，結果最後還是淚汪汪地逃走了。

她身上的槍砲依然是啟動狀態。

於是為了不讓莎莉逃跑，她只好選擇往半開的門來個自爆飛行。

熟知莎莉個性的梅普露，純粹是為了她才採取這種有點亂來的行動。

「豪邁地打擾嘍～！」

「啊啊啊啊啊啊啊！」

兩人就這麼轟隆隆地撞進了洋樓裡。

◆□◆□◆□◆

梅普露帶著莎莉撞進洋樓，背後的門立刻關上。

「好啦，莎莉～站起來站起來！妳不是來打東西的嗎？」

「啊……嗯。梅普露，不要放手喔。」

「那當然！」

梅普露抓著莎莉的手站起來，環顧四周。

洋樓看起來很大，從大門口望去，正面與左右共有三道門。

有階梯能上二樓，二樓還有更多門。

天花板吊著殘破的藝術燈。

牆上燭台插著小蠟燭，小小的燭火搖晃不定。

「好大喔～所以要往哪邊走？」

梅普露對莎莉問。

「我看看……奇怪？……沒有查好？」

莎莉調查到的資料有幾個缺漏。

不是網路資料還不完全，比較偏向莎莉自己這次沒有做得像以往那麼確實。

「那就只能整個繞一圈嘍。」

聽梅普露這麼說，莎莉急得猛搖頭。

「等我調查好再來啦，就這樣吧？現在找起來效率很差，而且這裡怪物不弱耶。先讓我查好最短路線，這樣就能避免很多無謂的戰鬥……」

梅普露瞇眼看著說起這種話的莎莉，看到她說不下去為止。

「不行～我們就趕快繞一繞趕快回去吧？來，有我在，不用怕！」

「嗯……」

只要有梅普露在就會持續作用的【獻身慈愛】，基本上可以保障她不受任何攻擊。

即使莎莉的腳抖得像剛出生的小鹿，被打死的機率還是非常地低。

「那就靠我的直覺……走右邊！」

梅普露走向右邊的門，一把打開。

掀起些許塵埃，展現出門後的走廊。

接著她在耳邊豎起手掌，仔細聽走廊的聲音，但沒有聽見任何聲響。

「嗯，什麼都沒有的樣子。」

梅普露說完就走進走廊。

走廊上有幾個往左的路口。

除此之外，還有幾道像是通往房間的門，有很多地方要調查的樣子。

「要從哪裡開始呢……哇！」

梅普露忽然感到腳下有異狀，往下一看。

發現地面伸出無數雙半透明的白手，抓住了她們正想挪動的雙腳。

手還愈伸愈長，往身體抓來。

然後走廊上也有女鬼穿過牆壁，往她們逼近。

「梅、梅梅梅、梅梅梅梅普露！」

「等一下喔！」

梅普露將武器聚合起來，握短刀的右手整個變成一大把劍，割開腳下的手。

即使無法消滅，手也在遭受攻擊後迅速消失了。

她也替緊抱著她的莎莉仔細斬除腳下的手，再用重新建構的槍砲轟散女鬼。

「呼，搞定！已經沒事嘍？」

「嗯……幸好是跟妳一起來。」

嚇得渾身無力的莎莉都快去了半條命。

事實如她自己所說，一旦放棄就到此為止了。

「趕快找一找趕快回去！」

但就在梅普露邁步時，兩人腳下發出昏沉的藍光。

平時的莎莉，可以輕易地提醒梅普露躲開，自己再逃跑。

現在的她卻沒有這種能力。

光愈來愈亮，等兩人察覺時已經被傳送走了。

在籠罩全身的光芒中，知道事態緊急的莎莉清晰地感到最不想要的感覺。

那就是，梅普露與她相繫的手就地消失了。

當莎莉隨光芒散去睜開眼睛，見到的是陌生的走廊。

「梅、梅普露？妳、妳在哪裡……？」

她用顫抖的聲音呼喚梅普露時，有東西從背後拍她左肩一下。

嚇得她繃直背脊，下意識地往左肩看。

只見一隻明顯不是活人的細瘦白手搭在肩上。

而那出奇冰冷的細手甚至要環抱瞪大眼睛全身僵硬的莎莉。

「啊……啊、啊、不、哇啊啊啊啊啊！」

莎莉尖叫著逃跑，沒有遭到手的阻攔，直接穿了過去。

然後找個房間就衝進去。

「呼、呼、呼……快、快登出……」

莎莉叫出面板要登出時，一個紅色掌印「咚咚！」地拍在面板上。

「咿嗚……！」

她心中冷靜的部分繞了一圈之後想起一件事。

這階層有部分區域限制不可登出，以及該處遊蕩怪的性質。

每次被他們碰到都會減損一些【ＡＧＩ】，降到零就會當場遭受即死攻擊。

不過只要有正常的活動力，脫離這種區域並不困難。

「追、追過來了……」

莎莉的【ＡＧＩ】還剩很多，且只要小心地在洋樓裡保持移動，就沒那麼容易被他們逮到。

然而莎莉很清楚，這對現在的她來說並不容易。

梅普露和莎莉一樣，被傳送到了其他地方。

「呃……莎莉？」

看了看四周，不見莎莉的蹤影。

她人在某個房間。

裡頭有門板鬆脫的衣櫥和堆滿灰塵的床。床單破破爛爛，地板也坑坑洞洞。

「快找人！」

梅普露想開門，但門把只是喀喀作響，扭也扭不動。

沒有鑰匙孔，不曉得為什麼打不開。

「嗯……討厭！敲得壞嗎？試試試看了。」

說著，梅普露將槍口對準了門。

這時背後嘎吱一響，梅普露轉頭過去。

只見一團宛如夜色凝聚而成的漆黑陰影緩緩隆起。

「呃，天、【天王寶座】！」

梅普露急忙叫出寶座跳上去。

「平常不能像莎莉那樣仔細看動作，可是這樣就行了！」

她就此仔細觀察起黑影的行動。

近似人形的黑影向前伸出手來，但什麼也沒發生。

「總之……沒事了？那我【開始攻擊】！」

結果梅普露的子彈全都穿過黑影，打在另一邊牆上。

黑影持續接近，想直接攻擊梅普露卻被她輕易擋下，什麼事也沒有。

「嗯……物理攻擊果然沒有用……打倒他們就會開了嗎？嗯……嘿！」

梅普露突然彎腰，一頭往黑影軀體撞。

然而就算動嘴咬，也依然什麼感覺也沒有。

「真的是不行呢～嗯？啊，對了！」

梅普露靈機一動，操作道具欄拿出道具。

那是當初她死命猛炸光之王腳丫的剩餘符紙。

火和風屬性對光之王無效，剩了很多下來。

「燒起來就糟了，就用風吧……我貼！」

使用道具的剎那，房裡颳起一陣風，斬過眼前黑影。

「好耶，這有效！來來來，再一張！」

梅普露一張一張貼個不停。

黑影只是比其他怪物強一點的小怪，只用十張符紙就消滅了。

在零距離下，很少有玩家會貼著怪而不用技能，特地拿道具來用，所以殺傷力設定得頗高。

黑影消失的同時，背後傳來開鎖聲。

「開了嗎？沒有鑰匙孔耶。」

梅普露取消寶座，扭轉門把。

這次不一樣了，門順暢地打開。

「好耶！出來了！」

她趕緊離開房間，免得又關起來。

「一邊注意腳底一邊找莎莉吧，又被傳走就糟了。」

梅普露就此大步大步往走廊另一頭走。

◆□◆□◆□◆□◆

這時的莎莉，正躲在急忙亂闖的房間桌子底下發抖。

根本不敢出去的她，只能待在原地等梅普露。

「對、對了……可以私訊。」

莎莉立刻對梅普露發出訊息。

內容只有寫現在不能登出，趕快來救她，沒有任何可以改變現狀的要素，但失去平時冷靜的她連這種事都注意不到。

「暫時就躲在這裡吧……」

莎莉說的暫時，意思是等到梅普露來為止。

也就是和「一直」同義。

然而，這個區域沒那麼好心，不會就此放過莎莉。

嘎吱一聲，房門打開了。

即使莎莉躲在桌子底下看不見，也確實感到有東西在接近。

那聲音讓她怕得用力捂嘴，屏氣噤聲。

破舊的地板嘎吱嘎吱地響。

聲音慢慢接近桌子，一雙蒼白的腳出現在她眼前。

「……！」

莎莉拚命祈求那雙不像活人的腳趕快走過去，而那似乎奏了效，對方直接走過去。

「…………」

但就在莎莉鬆口氣時，身旁響起收到訊息的音效。

好心的梅普露不可能不回訊，而糟就糟在那嚇得莎莉用力抖一下，撞出了聲響。

匆匆逼近的腳步聲使得莎莉趕緊爬出桌子底下，七手八腳地奪門而出。

「梅普露！梅普露！救命啊——！」

莎莉忍不住邊跑邊叫，而那也引來了從地面伸出的手，以及渾身是血，身體殘缺的小孩幽靈。

「【超加速】！超加速超加速！」

她嚇得一股腦地跑，又找個房間躲進去。

可惜洋樓到處都是鬼，那不可能擺脫鬼的糾纏。

迷失方向又到處亂跑的莎莉，就這麼愈陷愈深。

「咿嗚……嗚嗚……」

莎莉不停地跑，房間換了又換。

這當中，她被那種冷冰冰的手抓到了好幾次。

現在的她，連逃都不能好好逃。

假如幽靈有著獸人或哥布林那樣的外觀，憑莎莉的能力自然是能夠輕易閃避。

做不到這點的她，就只是一個數值上速度快一點的常見玩家罷了。

莎莉的【ＡＧＩ】只剩下四分之一。

與平時不同的感覺，使她降低很多的閃避能力變得更糟。

因此，莎莉被抓的頻率也愈來愈高。

終究完全失去了鬥志的莎莉把自己關進衣櫥裡，閉著眼睛直發抖。

並傳訊告訴梅普露自己在衣櫥裡，並要她別回訊，她的腦袋裡根本沒有自力更生四個字。

「梅普露……嗚嗚……快來……」

莎莉嗚咽地吸著鼻子喃喃自語，但沒有任何回音。

這時，有兩樣東西正慢慢接近莎莉。

一個是追著她跑的幽靈，一個是終於來到她這樓層的梅普露。

梅普露是碰巧到這裡來，一間間地搜尋莎莉的蹤影。

「根本不曉得莎莉在哪裡啦～每間都看還是找不到……可是她還沒死掉的樣子。」

組隊的人可以看見彼此的部分數值和大致位置，莎莉肯定還在這棟鬼屋裡。

梅普露路上遇到的每個幽靈，都被她鎮邪似的用符紙貼死了。

而現在有個渾身是血的小孩幽靈在她面前冒出來，慢慢逼近。

「唔……快點成佛！哇！」

梅普露正想取出符紙時，面板被紅色掌印蓋滿。

「嚇我一跳……哎呀呀，符紙符紙。」

她鎮定下來，拿出符紙往小孩幽靈身上貼。

小孩幽靈燃燒起來，靜靜地消失了。

梅普露繼續操作面板，準備下一個道具。

這時候，她發現這裡不能登出，於是在這附近繞了幾圈，尋找能否登出的界線。

「這就是莎莉說的不可登出區嗎……所以說莎莉在這附近？」

皇天不負苦心人，梅普露小小的擺個勝利姿勢。

「可是……嗯……莎莉還好嗎？」

這裡的幽靈外觀比之前去過的地方可怕很多，讓梅普露很擔心莎莉的狀況。

「嗯，絕對很不好！要趕快找到她才行！」

在氣氛驟變的走廊上，梅普露舉起塔盾小心翼翼地加快前進。

「莎莉……都沒回答耶。一定是在哭……」

並豎起耳朵聆聽莎莉的聲響，調查路上房間每個角落。

「啊，對了！先告訴莎莉我很近了吧！」

梅普露傳訊給莎莉之後又繼續搜索。

莎莉收到了梅普露的私訊。

梅普露已經很近的消息彷彿一道希望之光，讓莎莉露出得救的表情。

「啊，腳步聲……！梅普露？」

腳步聲停在房門前，然後是開門的聲音。

莎莉躲藏的衣櫥就在門右側的牆邊。

「開一點點就好……」

莎莉將櫥門開一點縫，查看來人。

才剛收到私訊的她，深信這時進來的人就是梅普露。

而這卻是因為她急著想脫困而造成的誤判。

細長的手，毫無血色的皮膚。

還有一張陌生的臉。長長瀏海底下已經沒有眼球，只有黑黑的眼窩，黏稠的污血如眼淚般從裡頭不停流下來。

剎那間，莎莉和那個幽靈對上了眼。

紮紮實實地對上了。

「咿……！」

莎莉慌忙關上衣櫥，但踩踏地板的聲音逐步逼近。

「不、不要，不要！」

雖想按住門，可是顫抖的手不聽使喚，門慢慢滑開。

只見幽靈黑漆漆的眼窩從門縫直盯著莎莉。

「啊……」

莎莉整個人就此虛脫，癱在衣櫥底板上。

門開到最大，幽靈的手向她慢慢伸來。

幽靈周圍湧出黑影，眼窩的血滴滴答答地流。

「對不起……對不起……」

「【天王寶座】！」

當莎莉腦袋一片空白，甚至開始道歉時，梅普露衝進了敞開的門，連忙叫出寶座坐下去保護莎莉。

白光領域擴散至幽靈腳下時，詭異的黑影驟然消失。

「莎莉！還好吧！」

「嗚、嗚嗚……梅普露……」

莎莉爬出衣櫥，抱住離不開寶座的梅普露。

「幸好趕到了……可是，現在怎麼辦啊？」

頭一抬，見到那個幽靈從莎莉上方飄過來纏她。儘管詭異的黑影消失了，那還是很不舒服。

「也看得太用力了吧！」

梅普露別開臉，用雙手想推開幽靈的臉，但什麼也沒搆著。

「嗚咿……嗚嗚……噎嗚……」

「到底該怎麼辦啊……」

梅普露枯坐寶座，不知如何是好。

梅普露坐在寶座上和幽靈大眼瞪小眼時，莎莉似乎是因為梅普露在身邊而覺得很安心，漸漸鎮定下來。

「梅普露……他還在嗎？」

莎莉埋著頭問。

「嗯，還在。」

「唔咦咦……拜託趕快走掉啦……」

雖然莎莉的聲音還有點抖，精神已經恢復到原來狀態了。

「怎麼樣，好點了嗎？」

「是有好一點，可是我現在這樣很丟臉，不要看我……」

可是莎莉的大花臉早就被梅普露看光了。

沒遮住的耳朵哭得通紅，讓梅普露猜想她的臉搞不好更紅。

「好的。話說……這個東西有值得妳跑來這種地方打嗎？」

「早知道就不打了，超後悔的……真的。好想揍以為說不定有機會的自己。」

莎莉承認自己是被技能迷昏頭了。

「莎莉也會評估錯誤啊，好難得喔。」

「因為有好多想要的，一不小心就昏了。冷靜想想以後，其實沒有這個技能也還是可以靠別的來補。」

「所以妳是想要什麼技能啊？我好像還沒問過妳嘛。」

經梅普露問起，莎莉開始說明她原本想要的技能和道具，以及對這裡的種種所知。

「那現在怎麼辦？再來我會小心不要再分散啦……妳還想繼續找嗎？」

「這、這裡的技能我不要了……趕、趕快出去吧……」

「嗯，ＯＫ～！不過呢……唔……」

梅普露是希望幽靈會在對話期間自動離去，但他卻死賴著不走。

「離開寶座就糟了吧……不曉得能不能攻擊？」

梅普露伸手使用道具，一陣風切過幽靈的軀體。

幽靈因而踉蹌地後退。

可是這個幽靈沒有血條，讓梅普露發現他是不會受到傷害概念影響的怪物，也就是無法打倒。

幽靈呻吟著兩手掩面，不久又伸手往她們逼來。

「趁他畏縮的時候快跑吧……莎莉，妳行嗎？我大概會被追上吧。」

梅普露是希望莎莉自己先逃走。

「呃……好像不行。」

肯定不只是因為【AGI】已經降到了零。

「怎麼辦呢～？……咦？」

死纏著兩人不放的幽靈忽然轉頭飄走，離開房間。

突來的變化，讓梅普露只能傻眼地看。

「機會來了！走吧，莎莉！」

「咦、咦？好、好吧！」

埋著臉而不曉得現在是什麼狀況的莎莉被梅普露牽起了手。

兩人頭一次用同樣速度逃離現場。

背後傳來別人的聲音，大概是成了她們的替死鬼。

其他人遇襲的慘叫聲讓莎莉想到自己先前恐怕就是那樣，臉紅了起來。

「快、快跑——！」

梅普露以最短路徑返回來路，終於回到了可以登出的區域。

「謝謝喔，梅普露。」

「嘿嘿……不客氣～！」

兩人都為生還而高興不已。

但就在這時，一雙冷冰冰的手將她們一塊抱住。

「咿……！」

「嗯！」

兩人嚇僵的同時，收到了獲得技能的通知。

「呃……【冥界之緣】？啊，是妳說的那個會讓道具效果變兩倍的技能耶。」

梅普露看著技能內容說。

癱坐在地的莎莉似乎也得到了相同技能。

技能的背景敘述說，你和某人結下奇妙的緣分，不時會有手從背後偷偷伸出來幫助你。

「唔……我才不要這種緣分。」

儘管得到了想要的技能，莎莉卻是皺著眉頭。

「莎莉，妳還要逛嗎？我還可以陪妳喔。」

「我要下線了。我要回家。」

莎莉不假思索地回答。

「也是啦。那就拜拜嘍？」

梅普露輕輕揮手。

「今天謝謝妳啦。我一定會報答妳的。」

「不用不用，之前妳幫我很多嘛。這樣總算還到一次了。」

見到梅普露笑呵呵的樣子，莎莉的氣色也好了點。

「謝謝喔。那我們等第七階上線再一起逛吧。」

「其實妳還是會忍不住回來吧。」

「才不會咧……真的不會。」

莎莉留下無力的微笑就登出了。

回到現實世界的理沙從床上爬起來，關閉遊戲收拾裝備。

「嗯……流好多汗，洗澡……等、等一下好了！吃完飯再洗！」

理沙說完就比平時更輕聲地開門，到一樓去。

來到客廳，見到母親正在準備晚餐。

「理沙？晚飯還沒好喔？」

「嗯，我想看一下電視。」

理沙打開電視，在沙發坐下。

不過她其實對電視節目沒興趣，只是一直轉台。

如此等待晚飯上桌的途中，電話聲響起了。

她也跟著轉頭往電話看。

「哎呀……白峰家你好。是。」

「…………」

母親講了一會兒電話後掛掉，對理沙說：

「理沙啊，媽媽突然有急事要出門一趟。爸爸今天也要晚回來的樣子……晚餐妳就趁熱吃吧。」

「咦……好、好吧……」

理沙支吾回話後，母親匆匆離開餐廳準備所需。

「我會盡量早點回來的。」

「……好啦。」

母親只是這樣交代就出門了。

天色已黑，安靜的家裡只剩電視的聲音。

「來、來吃飯吧。」

理沙目送母親離去後，從玄關走回來準備吃晚餐。

「……」

她忍不住就拿起遙控器加大電視音量。

理沙坐上椅子時，雙腳不安地晃來晃去，眉頭稍微沉了一點點。

筷子也動得很慢。

「吃飽了。」

理沙清理餐具後，坐下來隨便轉台。

氣象預報說今晚會下雨。

理沙就這麼茫茫然地虛耗一段了時間，此間沒有任何人回家。

「該洗澡了……可是……」

心跳比平時快了點，感覺靜不下來。

原因她也很清楚。

「還是……有點怕……」

說出來以後反而更在意了。

理沙關門關窗，還把窗簾拉到不留縫隙，抱住沙發上的抱枕縮成一團。

「……對了！」

忽然有個好主意的她，表情恢復了些許光彩。

地點來到楓的房間。她也已經下線，正在念書。

手機鈴聲忽然響起。

「不會吧……我就知道。」

楓拿起手機，對方果然是理沙。

「喂喂喂？」

「啊，楓啊？現在方便嗎？」

「嗯……方便啊，怎麼了？」

「沒有啦，就是覺得今天給妳添麻煩了。可以聊一下嗎？」

楓也隱約察覺到理沙來電的真正原因，但刻意不說出來，繼續對話。

「嗯？」

說著說著，楓注意到電話裡還傳來像是水的聲音。

「妳在洗澡還是在上廁所啊？妳現在很怕吧……啊！」

結果她還是不小心把心裡的話說溜了嘴。

其實裝作沒聽見就行了，但理沙仍不禁沉默下來。

「理、理沙？」

經過一小段沉默後，手機又傳來理沙的聲音：

「……楓，現在我家沒有人。」

「嗯。」

「有點……就是怕怕的……」

「嗯。」

「老、老實說……是超怕的……可以繼續講嗎？」

楓也不好拒絕，便繼續跟她煲電話湯了。

說著說著，楓想起這種事這不是第一次。

「以前也有過一次嘛？」

「有嗎？」

「嗯。那次妳不是從浴室打的，後來說到我隔天睡眠不足喔～」

「啊，小學的時候？哇……我該不會一點長進也沒有吧。」

有人能說話，心裡就不會那麼怕。

當理沙出浴室，開開心心地聊到被窩裡時，心情已經好很多了。

「晚安嘍，理沙。」

「嗯，謝謝。晚安嘍，楓。」

理沙今天早了幾小時就寢。

關上燈，整顆頭埋進棉被裡閉上眼睛。

外頭逐漸傳來雨聲。

早點上床，不表示能早點睡著。

三十分鐘過去，一個小時過去。

隨時間流逝，原本沖淡的感覺又回來了。

「嗯……嗯……」

理沙在床上難安地扭來扭去，一會兒後終於死心打電話。

對方當然就是楓了。

挖楓起來聊天之餘，理沙也下床開燈。

「哈哈哈……以前也是這樣呢～」

「真的……很對不起喔，楓……」

不用說，楓隔天果然又睡眠不足了。

第五章　防禦特化與找鞋子

梅普露和莎莉勇闖鬼屋的幾天後。

在莎莉還沒犯蠢，又想重新挑戰第六階之前，梅普露自己在第六階【公會基地】裡休息。

「莎莉在第五階練等級，麻衣跟結衣也要去其他階層探險……那我要做什麼咧？」

對結衣麻衣而言，第六階也是很難打的地方，但原因與莎莉不同。

由於物理攻擊對大多數敵人無效，打中就必殺的攻擊變得沒什麼意義。

「嗯，對了，莎莉想要的東西裡有一個是道具嘛……」

梅普露嗯嗯點頭，決定了今天的探索目標。

「之前跟她約好打到她想要的東西就給她，可是到現在還是什麼也沒給過，時機剛剛好！」

梅普露的ＨＰ飾品是莎莉給的，需要材料也是她幫忙蒐集，甚至購置基地的資金都是她湊的。

所以覺得這是報答她的好機會。

「啊，可是莎莉好像沒查好要去哪裡打耶。」

怕鬼的莎莉這次情蒐工作做得可不只是馬虎而已，於是梅普露決定先看看城鎮廣場的公布欄。

「好～決定了就馬上行動！」

梅普露噠噠噠地跑出基地。

在左也破屋右也破屋的大道上走了一會兒，梅普露來到公布欄前。

「哇哇，人好多喔……」

新階層剛上線不久，大大的公布欄前聚了很多人。

梅普露利用嬌小身材鑽過人牆，來到看得見公布欄的位置，一一查看資訊。

「嗯……找到了！就是這個！」

仔細確認取得條件與出現地點後，梅普露在鑽出人牆時遇到了幾個熟面孔。他們是【聖劍集結】的培因、絕德跟多拉古。

「啊，你們也來蒐集情報啊？」

「就是啊。我們也不能永遠輸給妳呢。」

「他可是很期待復仇的一天喔。其實我也是啦。」

「嘿嘿，我也會加油的！」

「……對了，芙蕾德麗卡在找莎莉喔？說最近都找不到她，沒辦法跟她決鬥。」
梅普露無法直接將莎莉的現況告訴多拉古，只好苦笑著說會替他轉達。

告別三人後，梅普露再度穿越人潮，來到人較少的地方喘一口氣。
「看樣子野外搞不好也很多人耶。」
梅普露這麼想著，搭乘糖漿直往目的地飛去。

「啊～人真的好多喔。」
從空中往下看，魔法和技能的特效到處閃現。
梅普露要找的怪物是所謂的不死系怪物，全身都是由閃亮的白骨所構成。
時常突然消失再突然冒出來攻擊，物理攻擊當然是沒有效果。
「嗯……我自己好像不好打耶。」
梅普露的技能不是廣域殲滅就是極近距離，可說是沒有射程適合在這種環境狙擊怪物的技能。
「其他地方會不會出啊？」
於是她決定避開這裡，到其他地方去找。
幸虧目標怪物渾身發光，若有出現，從空中並不難找。

「找不到再回來這裡吧。嗯，那麼糖漿，我們走～」

梅普露大幅調轉糖漿的方向，在廣大野外上空往外再往外，朝遠離城鎮的地方飛。

「有沒有咧……嗯……再找一下好了。」

她身體稍微探出龜殼，仔細往下看。

飛著飛著，她們來到霧氣濃重的山麓地帶。

「這裡就看不到底下了……是不是只看山頂就好啊？好東西就是要放山頂上吧！」

梅普露降低糖漿高度，在略為開闊處落地。

「謝啦，糖漿！」

並將糖漿收回原來尺寸，開始爬山。

前進不久，梅普露便在前方霧中發現擁有一身透明紅骨的怪物。

「顏色不太一樣……行不行啊。」

不是同一種怪物，肯定不能滿足她的目的，然而她還是決定先打打看。

「好，【嘲諷】！不要跑喔！」

一用【嘲諷】，附近又有更多隻相同外觀的怪物圍過來。

「好耶！運氣真好！」

對於在找怪物上最費勁的梅普露來說，最開心的就是怪物自己來找她了。

「【毒龍】！」

在鬼屋用不了的毒液奔流從魔法陣激射而出。

滾滾毒液一一淹沒逼近的怪物。

「咦！還活著？」

也許是抗毒能力高，【毒龍】無法一擊解決。

意想不到的抵抗力讓梅普露瞪大了眼。

怪物背後冒出陣陣黑煙，形成骷髏。

沒有聲帶的骷髏張口發出刺耳咆嘯。

「是、是怎樣……好像很危險……【天王寶座】！」

梅普露叫出寶座緊急避難，一屁股坐下去。

【天王寶座】的封印【屬性：惡】功能似乎有效，看似很危險的攻擊遭到取消。

「嗯……坐在這上面真的沒辦法攻擊耶。虧它這麼漂亮，好想一直用喔……」

第六階的怪物大多免疫物理攻擊，也是她戰鬥拖長的原因之一。【機械神】攻擊沒效的怪物一多，就特別難打。

「帶其他人來就輕鬆了……真希望莎莉一起來。唔……我就是代替莎莉來的嘛。」

梅普露是打算連不敢打第六階的莎莉的份一起探索。

所以真的很想帶一雙鞋子回去，好為她打打氣。

這次，梅普露又當起貼符工了。

「要補貨了……啊，店裡好像也有賣除靈的符耶。下次買那個好了？」

梅普露一邊燒逼近的幽靈腦袋，一邊喃喃自語。

「殺光嘍！」

擊倒所有紅骨幽靈後，梅普露開始撿拾滿地的材料。

「唔……都沒有耶。其實本來就搞不好不會掉了啦……」

梅普露喜歡在沒人的地方戰鬥，如果有掉要找的鞋子當然是最好。

只是那不是玩家回報的指定怪物，很可能徒勞無功。

「說不定會打到其他莎莉想要的東西……材料就給伊茲姊好了？她平常都在幫我們維修裝備嘛！」

再說打怪也能幫助她升級。

最近很少這麼密集地打怪，偶爾這樣也不錯。

梅普露繼續坐在寶座上，看周圍有沒有更多紅骨幽靈接近。

「啊，來了來了！其實滿多的嘛？」

紅骨幽靈一靠近梅普露就使用魔法攻擊。

「還會放一般的魔法耶。」

幽靈射出的紅光擊中梅普露腹部就咻一聲彈開了。

「ＯＫ～！沒事沒事！來來來，全部過來～」

梅普露招手請紅骨幽靈聚集，又開使用道具燒。

「這樣真的很慢……最近都兩三下清潔溜溜，好久沒這種感覺了。」

不過偶爾悠悠哉哉地打其實也不錯，梅普露一點壓力也沒有，一個一個收拾。

「殺光嘍！喔，客人又來了。」

梅普露笑瞇瞇地又招起手來。

明顯不是人的紅骨幽靈靠過來想打倒梅普露，最後也是在反覆的無謂攻擊中變成了光消失。

「啊，對了。我的毒技能有即死效果嘛……對，就這個！」

梅普露想起她不曾刻意使用的某項技能。

那正是她登上第四階壺中毒怪頂點時取得的技能。

【蠱毒咒法】

毒系攻擊有10％機率造成即死效果。

此效果不會遭受抗毒技能抵擋。

「用比較弱的技能拗即死……會不會比較快？攻擊道具剩不多了，試試看吧！呃……【毒刃術】！」

毒刃射向紛紛靠過來的紅骨幽靈。威力雖比【毒龍】弱很多，但重點不是傷害，而是能觸發即死效果……然後幽靈都活得好好的。

「一隻都沒死啊……我這邊ＭＰ藥水用光就玩完了……一個人打真的好難喔。」

想到莎莉至今獨自替她收集那麼多東西，梅普露開始覺得光送鞋子大概不夠了。

「在這一階幫莎莉多打點東西……應該很不錯。她一定會喜歡禮物的！」

梅普露如此丟了好幾次毒刃後，忽然想到一件事。

「即死效果……該不會對你們沒用吧？」

她一邊說，一邊想拍打眼前幽靈的肋骨，卻又撲了空。

問的語氣和平時有點不同，不過無論如何，幽靈是不會回答的。

然而，她也注意到了問題出在更根源的地方。

屁股底下的寶座和【蠱毒咒法】根本就不能搭配。

仔細想想，【蠱毒咒法】從字面就滿滿是惡的感覺。

「啊！這、這種也不行嗎？不行喔……雖然很有用，唔唔……可是太有用了啦！還是用道具一步一腳印……或是找人來打？」

梅普露繼續在這裡打到道具用光，然後趁幽靈發現她之前趕緊跑回開闊處。

「糖漿，回去也拜託你嘍！下次我一定會多打一點掉～」

她望著遠方地面，決定過兩天再來挑戰後就返回城鎮去了。

◆□◆□◆□◆□◆

返抵城鎮的梅普露跳下龜殼，噠一聲落地。

「呼……應該會有幾種專門剋幽靈的道具吧！」

她心裡想著以前見過的符紙以外的道具，在城鎮裡漫步。

「還是先從有賣符紙的店開始看好了。」

梅普露先找間店進去，想買除靈符。

「記得是……有了！」

梅普露在店裡小逛一下便找到了符紙。

紙上用紅色顏料寫著看不太懂的文字和符號。

檢查道具名稱，確定是除靈符才一次買滿。

「順便賣材料好了？花了好多錢喔。」

梅普露還想到其他店鋪買東西，所以先賣掉在這一階打到的一大堆材料換取資金。

認為沒有其他東西在這次能派上用場後，梅普露離開店鋪順大道前進。

道路兩邊有整排看似破屋的店鋪。

「有沒有寶貝藏在這裡面咧～？」

梅普露左顧右盼，不知該從哪逛起時，發現有個眼熟的人從前面走來。

「啊！蜜伊！」

她立刻揮手，蜜伊也注意到她而接近。

來到面前後，她用只有梅普露聽得見的音量說：

「好久不見啦，梅普露。怎麼樣，探險順利嗎？」

「馬馬虎虎啦。我正在找對幽靈有效的道具，我自己的技能很難打幽靈。」

「那妳就從這裡直走到底，那家店應該有賣不錯用的東西，好像是叫作『驅魔鹽』吧……？名字大概就那樣。」

獲得蜜伊的情報讓梅普露臉都亮了。

「謝謝！我馬上去看！」

「嗯，希望能幫上妳。」

「有需要幫忙再跟我說喔？我一定會來幫妳！」

蜜伊對梅普露輕輕揮手，繼續往大道另一頭走。

直到完全看不見蜜伊，梅普露才去找她介紹的店。

稍走一段，蜜伊講的店便出現在梅普露面前。

外觀與先前的破屋不同，連玻璃都沒破，很是普通。

「呃……驅魔用品店？就是這裡！」

梅普露找到目標的店就立刻進門。

裡頭商品從裝備到一次性道具都有，形形色色。

見到這樣的貨架，梅普露先從擺放裝備的區域看起。

「連塔盾跟短刀都有耶！呃，『破邪塔盾』和『破邪短刀』啊？」

短刀具有對幽靈系怪物加強攻擊傷害的效果。

塔盾的效果則是減輕來自幽靈系怪物的攻擊傷害。

「嗯……可是這應該沒用吧。」

梅普露將裝備放回架上。

其實她幾乎不會受傷，不需要塔盾。

而且她不會使用屬性攻擊，短刀打不出什麼傷害，也就不需要了。

「總之先買那個叫什麼『驅魔鹽』的吧。」

在店裡轉一轉，很快就在道具區找到了鹽。

梅普露先買滿這一項，再把至今用掉的火與風魔法攻擊道具買齊。

「這樣夠了吧……嗯？」

補完道具的她再逛一圈，以確保沒有漏買時，在忽略掉的一角發現了某樣道具。

「嗯嗯？吸塵器？」

梅普露眼前有個形狀像是吸塵器的東西。她好奇地摸摸以管連接本體的吸嘴部分。

上面有符紙上的那種紅字，又是驅魔用品店賣的東西，讓梅普露覺得說不定會有特殊效果而拿起來看看。

「嗯～這能用嗎？……啊，不行。就是醬菜石那種。」

梅普露一確定吸塵器是擺設就馬上放回去。

然後離開店舖，沿大道走回去。

「如果能用吸塵器吸死鬼就輕鬆多了……會不會真的有效果啊？」

即使這麼想，吸塵器說明文中的「房間擺設」四個字也不會消失。

第六章　防禦特化與除靈

過幾天，梅普露又來到那座霧氣氤氳的山。

「好～開打嘍～！」

梅普露降落在山上並縮小糖漿，開始找紅骨幽靈。

「啊，有了有了。」

然後使用【嘲諷】吸引幽靈注意，再開寶座坐上去，封鎖幽靈的技能。

「這次我用的是專門的符紙喔？貼死你！」

梅普露將城裡買來的符紙貼到幽靈上，符中紅字開始發光，同時有白光在幽靈身上擴散。

隨著白光包覆幽靈全身，HP也逐漸減少，幽靈開始慘叫。

「喔喔～有效有效！再送你吃鹽！」

梅普露拋灑「驅魔鹽」，又削掉一大段HP。

當HP歸零，幽靈直接在渾身白光之中升天而逝。

「好耶，除靈成功！材料……還滿多的耶！嗚哇哇，好像沒有經驗值……」

靠符紙或鹽除靈雖沒有經驗值，不過省時又省力，而且有提升道具掉落率的好處。

梅普露也在如何取捨之間傷了點腦筋，但嘗過符紙和鹽的爽度以後就回不去了。

「可以多打一點就夠了。道具好像還是會掉嘛。」

梅普露繼續對接近的幽靈灑鹽，一一給予傷害。

「照這個速度打下去！」

接近的幽靈被她超渡得一個不剩。

一隻消耗量很少，道具存量顯得十分充裕。

花兩小時努力除靈後，梅普露離開了這座山。

「這種打怪找道具的事，莎莉不曉得做過幾百次了……真的好累人喔。」

不過這次是為了莎莉，梅普露要自己再加把勁。

在除靈作業如此持續幾天，現實中搞不好整座山都被她除光光時，終於有雙鞋子掉在她面前。

「喔喔喔喔！掉了！」

梅普露趕快撿起來看。

鞋上到處是暗紅色的污痕，不知為何還有點冰，形狀和莎莉現在的靴子很像。

「名字叫做……【死人腳】？好、好像會有報應耶……沒問題嗎？有寫是稀有道具，應該很好吧？」

梅普露將鞋子每個角落仔細觀察一遍。就只有滴血，沒有死人的腳藏在裡面。

「嗯，這樣莎莉就敢收了吧。技能也看一下好了……」

【步入黃泉】

使用此技能會在空中製造踏點，但所有屬性扣減5點。

此扣減持續二十分鐘。

踏點維持十秒。

「嗯嗯？怎麼跟聽說的不太一樣……怎麼辦，先給莎莉看看好了。」

梅普露將鞋子收進道具欄，打算最後一次清理接近的幽靈就結束這天的行程。

「好，看我的鹽跟符紙……奇怪？」

正要除靈時，接近的幽靈表現出不同以往的反應。

紅色的幽靈開始發出藍光，還背對她離去。

梅普露凝目注視，發現藍光停在稍遠處。

藍光徐徐晃蕩，像在呼喚她。

「去看看好了。寶座收起來，搞定！」

梅普露舉起盾牌，謹慎地慢慢走向藍光。

等她接近，幽靈又引導她似的向前進。

「往山上去了耶……先跟過去看看吧。」

梅普露在幽靈引導下不停往上爬，直至登上山頂。

罩在山頂一帶的霧氣更濃，甚至一公尺外的東西都看不太清楚。

「繼續往前走就對了嗎？啊，這是……」

叩地一聲，梅普露踢到刺於地面的木製破爛十字架。

附近地上還有早已殘破乾枯的花束。

「踢、踢到了！對不起！」

梅普露閉上眼睛合十默禱。

這時，地面冷不防伸出白手，抓住她的腳踝。

「唔咦！是、是怎樣！甩不掉！」

梅普露持續被手往下拖，有種地面消失了的飄浮感。

不停往下墜的感覺，使她不禁緊緊閉上眼睛。

最後這感覺忽然消失，梅普露在一片黑的空間內著地。

「呃，這次又被傳到哪裡啦……？」

梅普露掃視四周，發現黑暗中有一部分發起紅光。

撕裂空間般現身的，是她至今除靈掉幾百隻的那種紅骨幽靈的巨大版。

巨大幽靈只有上半身探出空中的裂口，光是他赤紅的手臂就有好幾個梅普露長。

「怎、怎、怎麼辦？」

梅普露看一眼就知道不能用原來的方式除靈，開始慌了。

不過幽靈不會等她擬定戰略，伸手朝她抓來。

「糟糕，咦？好、好慢喔。」

梅普露光是用跑的，就輕易跑到手搆不到的位置。

她幾乎沒有躲過敵人攻擊的經驗，驚訝地停下來查看幽靈的動靜。

幽靈手伸到最底就當場消逝，裂開的空間也恢復原狀。

「有種不好的預感……我就知道！」

梅普露一個回頭，果真看到空間在背後裂開。

「請你吃鹽，不要抓我！」

梅普露往鑽出裂縫的上半身灑鹽並跑開，拉出距離後查看傷害。

「好耶，有效！」

儘管效力比山上的紅骨幽靈差，ＨＰ確實有減少。

梅普露認為很有勝算，從道具欄取出道具等他再度消失。

「好，來吧！……嗯嗯？」

空間在戒備的梅普露面前裂得更大。

魔王級幽靈和裂口的縫隙間，山上那些紅骨幽靈一個個爬出來。

接著和山上那時一樣，他們背後冒出看似很危險的黑骷髏並向她逼近。

「這個就不用來了啦！【天王寶座】！」

梅普露叫出寶座馬上坐下，取消進逼幽靈的技能。

然而坐在那裡，也讓她難以躲避魔王怪的攻擊。

「與其沒跑好被抓，不如就保持這樣吧。」

魔王的雙手向決定不跑的梅普露逼來，整個包住她。

「他是不是不能放招啊？那現在機會來了！」

梅普露對包住她的巨手猛貼符紙賺傷害。

雖想用這招除靈到底，但事情並沒有那麼容易。

「喔……哎喲？被抓住了。」

包覆梅普露的手向內縮，將她牢牢抓住。

「隨便啦……啊！」

一陣衝擊猛烈打撼梅普露全身，削減她的ＨＰ。

還見到ＨＰ減得比寶座的治療速度更快。

「唔！穿、穿透攻擊！」

巨手繼續慢慢擠壓梅普露。

梅普露掙扎著想逃跑，但怎麼也掙脫不了。

更糟的是，巨型幽靈的行動還不僅如此。

「咦……喂，哇啊！」

手直接將她抓到了空中去。

寶座只有坐下時有效，被抓起來就一點用也沒有了。

「唔唔……好、痛！放、放開我啦……！對了，【暴虐】！」

將梅普露抓離寶座，也等於是替她解開束縛。

顯現在巨手中的怪物版梅普露輕易掙脫，加倍拉出安全距離。

「唔唔……好久沒這麼痛了……我太大意了。」

梅普露還沒解除技能，寶座仍留在地上，只要坐下去就能發揮效果。

「趁【暴虐】作用的時候看一下魔王有什麼技能可能比較好……就這麼辦。」

好久沒受傷，讓她決定慎重行事，觀察怪物。

有了這身外皮，傷害就不會直接打在梅普露身上，當然也不會痛。

「很好很好，順便把能用的技能也整理一下……沒問題沒問題。莎莉有教過我遇到這種情況該怎麼辦。」

梅普露對自己信心喊話時，也不忘與怪物保持距離。

試打幾次後，梅普露知道【暴虐】型態的攻擊對魔王完全沒有作用，厭惡都寫在臉上。

「小的吐吐火就能燒掉了說……唔唔唔……我不想解除啦。」

梅普露繼續收集資訊，想到遲早得解除【暴虐】就鬱卒。

一會兒，梅普露蒐集完資訊——或者說終於下定決心解除【暴虐】，停下來鑽出怪物肚皮下到地面。

「總之先【全武裝啟動】！」

做好全力強行脫離的準備後，她叫出糖漿並巨大化。

「糖漿！【精靈砲】！然後直接往上飄！」

這是梅普露東躲西跑時想到的戰術。成功了一半，也失敗了一半。想讓糖漿升空時，一團黑暗從上方將牠壓回地面。

可是糖漿射出的筆直白光依然照亮黑暗，消滅路上的小幽靈。

「ＯＫ～這有用就打得贏！謝謝喔，糖漿！」

魔王依然持有穿透攻擊，不能隨便使用【獻身慈愛】。

梅普露決定拿出塔盾玩家應有的樣子，用盾牌保護糖漿。

「盾牌ＯＫ！鹽ＯＫ！」

梅普露手拿道具，用自爆飛行直接飛向糖漿切開的地方。

轟隆隆拖著火穗衝進黑暗的她，把手上的鹽全部砸到魔王身上後落地。

「唔呃，這麼暗好難落地喔。」

接著她把自己往寶座的方向炸，連滾帶爬地坐上去。

並讓糖漿在寶座附近待命，這樣就不必擔心小幽靈的技能了。

「呼咿……目前是糖漿的攻擊最有效，只能耐心等到冷卻時間結束了吧。」

梅普露先用道具處理接近的小幽靈。

若魔王伸出手就直接在王座上爆炸，把自己彈到空中緊急避難。

「很好很好，照這樣下去……糖漿！」

當梅普露料理小幽靈時，魔王想對糖漿使用有穿透效果的攻擊。

「咦、啊！【獻身慈愛】！」

由於眼前有大批小幽靈，梅普露不能離開寶座，急忙放招保護糖漿。

「唔唔……啊啊，冥、【冥想】！」

只要沒被魔王抓離寶座，【冥想】和寶座的自動治療能力還補得回來。

也就是只要魔王打的是糖漿，她們就不會輸。

但就算能補血，會受傷的事實對梅普露也是個大問題。

「唔唔唔……刺刺的。」

痛楚持續傳到梅普露身上。

她也只能在寶座上掙扎強忍，等攻擊停止。

片刻，魔王停止攻擊，後退召喚小幽靈。

「糖漿，還好嗎？唔唔……怎麼辦，我撐不了幾次啦。」

即使數值上撐得住，怕痛的梅普露還是無法忍受這種攻擊。

如果糖漿繼續挨打，會打得很難受。想到這裡，梅普露忽然有個好點子。

不過那實際上與「好點子」這種稱呼恐怕有點距離。

「……把糖漿叫回戒指裡就好了嘛……笨蛋。」

梅普露讓糖漿回戒指緊急避難後，侵襲她的痛楚便消失得乾乾淨淨。本來就沒有必要讓糖漿逗留在她身邊了。

「真的很危險的時候，只要這樣就好了。好，反省！」

她立刻轉換心態，望向前方。

敵人的威脅還沒過去。

既然對方有穿透攻擊，就沒有時間去想無謂的事。

「總之先離遠一點再叫糖漿吧。沒有【精靈砲】恐怕很難打。」
梅普露在寶座自爆，炸毀剛啟動的槍砲飛得遠遠地，盡可能遠離魔王。
「好，放糖漿出來。」
梅普露叫出糖漿，堅守到【精靈砲】可以再度使用。
「糖漿，【精靈砲】！」
她就這麼讓糖漿在可以攻擊時攻擊，空檔就抱起縮小的糖漿，靠【獻身慈愛】替牠隔絕飛行時的爆炸，不斷地逃。

梅普露如此反覆這樣的打法，難得在戰鬥中沒受到任何攻擊。
「應該打掉很多血了吧……！」
這時，她注意到一個明確的變化。
原本這裡暗歸暗，還是能看見自己的身體和魔王，大概是月夜那樣的暗。
但現在就連巨大化並擺在身邊的糖漿、擱在原地的寶座和應該會因【獻身慈愛】發亮的地面都看不見了，更別說那些小幽靈。
簡直和閉上眼睛無異的深沉黑暗籠罩著梅普露。
「糖、糖漿！你在哪！」
梅普露暫且收回糖漿，蹲下來用盾蓋住身體緊張地張望，看四周現在是什麼情況。

「會從哪來呢?嗯……」

不管眼睛怎麼瞇，都一樣是伸手不見五指的黑暗。

「對了，我有提燈!」

梅普露從道具欄拿出提燈點亮。

然而火光一樣被黑暗吞噬，吹熄燭火般轉眼消失。

「咦咦?怎、怎麼什麼都看不見!」

梅普露再次使用提燈，結果還是一樣。

「在、在哪裡?哇啊!」

冰冷的手從背後抓起慌張的梅普露。

那隻手有暫時剝奪【STR】和【AGI】的效果，所幸對她完全無效。

「呃，唔唔!扯不掉……」

不過本來就沒有【STR】的她，自然也逃不出魔王手中。

魔王的手就這麼花了十幾秒，將梅普露慢慢抓上空中。

「傷害是……唔咦!」

梅普露覺得要受傷了而皺起眉，但沒有上次的痛楚。

取而代之的是梅普露的HP已經歸零，觸發【不屈衛士】，梅普露也掉到地上。

儘管沒受到墜落傷害，只要再受一擊，梅普露也活不下去。

「唔，咦咦?怎怎、怎麼會這樣……?」

困惑的梅普露現在可以確定的，就只有不能再中那種攻擊。

「寶、寶座!在哪?」

梅普露在黑暗中跑起來，尋找置於某處的寶座。

收回重用需要等一段時間，不能這麼做。

但梅普露現在根本無力想那麼多，就只是為逃離眼前危險而不停亂跑。

「找不到……!」

梅普露感到背後有東西接近，左拐右彎地逃。

稍微鎮定一點後，她開始考慮各種選擇。

她也想過用自爆飛行爭取距離，但若撞上看不見的敵人就慘了，不敢亂試而放棄。

目前只有逃跑一途，背後不時吹來的冷風每次都讓她臉色發青。

後來跑得氣喘吁吁的她執行了一個想法。

「先叫回糖漿……好，【精靈砲】可以用了!這樣的話……也把寶座收回來。」

但就在梅普露覺得有機會而起腳時，有東西剝奪了她雙腳的自由。

「咦……」

往右腳一看，原來是被地面伸出的白手纏住了。

「唔唔唔!放開我啦!啊……」

冰冷的雙手包住了梅普露全身。

雖然腳被白手抓住，讓她沒有往上升，魔王穿透攻擊所造成的死亡已開始倒數。這次ＨＰ歸零不會再觸發【不屈衛士】了。

梅普露急忙叫出糖漿，可是腦袋裡一片混亂，一個指令都下不好。

「呃、呃！啊，怎怎、怎麼辦！」

於是慌張的她在剩餘的時間裡下意識地做出她至今養成的反應。

「【獵食者】【流滲的混沌】【百鬼夜行】【毒龍】【精靈砲】【大自然】！」

梅普露背後出現妖怪的隊伍，兩名大鬼從黑暗中挺立。

兩旁鑽出沒有手腳的蛇怪，一隻怪物和毒龍從梅普露前方噴射出去。

粗大藤蔓在黑暗中穿破地面扭動，精靈砲帶著巨響往毒龍追去。

大鬼吐出的火焰淹沒黑暗，蛇怪啃噬聲、鐵棒敲打聲在藤蔓伸展聲的間隙中鳴響。

「唔唔唔唔唔！」

梅普露趁這魔王的束縛因總攻擊而略為鬆脫的機會，取出符紙全神貫注地往包住她的手猛貼。

「說不定下一刻就會死掉」這般第一次的不安徹底把她逼急了。

可是在梅普露的ＨＰ被奪走之前，周圍啪唧一聲。

眩目光芒照進黑暗之中。

「啊咦……？」

黑暗如玻璃碎裂般由外崩潰，愈來愈多光線湧進來。

當黑暗完全消失，本來一片黑的空間變成一個白色的房間。

「呼……嘿嘿嘿，謝謝你們喔。」

梅普露放心得往後大字形倒下去往上望。

然後對低頭看她的所有好夥伴柔柔一笑。

「啊……喝藥水喝藥水！」

她連忙起身，從道具欄拿出藥水灌。

補滿血才慢慢站起來。

「呼……好險喔。所以到底是哪個有效啊？即死？」

梅普露伸個大懶腰看看周圍。

先前的黑暗蕩然無存，四面都是一片白，看不出整個空間到底有多大。

「那裡……有東西！啊，鬼先生再見喔！」

梅普露揮揮手，活動時間剛好結束的妖怪們也消失了。

在留下的糖漿與兩側蛇怪陪伴中，梅普露轉向她發現的東西。

「好像在山頂上看過耶。雖然只有一下下……」

白色空間中，一個破爛的十字架立在地上，前面擺了束乾枯的花。

梅普露蹲下來仔細看時，有微微的聲音傳進耳裡。

「謝謝妳……晚安……」

「誰、誰啊！」

從十字架湧出的光，包住了慌忙抬頭的梅普露。

光芒逐漸成形，在梅普露眼前形成女性的身影。

女性對梅普露伸出手，然後跟升上天空的光芒一起消失了。

「……她是那個幽靈嗎？所以我除靈……超渡成功了？……嗯？」

梅普露感到脖子上有奇怪感覺而摸了摸。

發現多了一條墜鍊。

「奇怪，這是……可以打開的那種。裡面……嗯……是剛才的女人嗎？太破了看不清楚。」

匣子裡面的照片風化到無法辨識，但隱約看得出照的是女人與花田。

梅普露摘下墜鍊，查看名稱。

「啊，不是道具耶。飾品……『拯救之手』？所以說我拯救了她嗎？最後是怎麼樣啦……」

當時梅普露慌得不得了，連自己最後做了什麼都記不清了。

既然想不起，她也果斷不去多想，繼續查看飾品內容。

「拯救之手」

飾品。

右手和左手的裝備格各增加一格。

「喔喔！不是正好適合莎莉嗎？我也有點想要……但不想再打一次，而且我也不太曉得要怎麼來……」

其實梅普露心裡已經決定把剛到手的飾品送給莎莉了。

所以她發出私訊，請莎莉盡快到第五階城鎮碰面。

莎莉也旋即回覆，梅普露急急忙忙趕過去。

梅普露來到第五階城鎮的【公會基地】時，莎莉已經在裡面等了。

「莎莉！不好意思喔，突然叫妳來。」

「沒關係啦，怎麼了？」

「沒什麼啦，就是覺得終於可以還妳一點人情……所以就跑過來了。來，給妳！」

梅普露從道具欄取出鞋子和墜鍊。

莎莉直覺認為那是第六階的道具，下意識閉上眼睛別過頭去。

一會兒後才稍微睜開一條縫，往道具瞥一眼。

「嗯……嗯～好、好像沒關係。雖然鞋子有點詭異就是了……裡、裡面沒有怪東西吧？」

「咦？嗯……我看是沒有啦……」

梅普露捏捏鞋尖，確定裡面沒有異物的感覺。

莎莉怕怕地接下鞋子和墜鍊，查看兩者的效果。

「雖然不是我想要的鞋子……可是這比那更好。至於這條墜鍊，呃……這什麼？太厲害了吧？」

「拯救之手」可以讓人比其他玩家多兩格裝備，如此破格的性能讓莎莉不知所措地看向梅普露。想問她的事在腦袋裡打轉，但不曉得該怎麼說才好。

「我是覺得很難再打一條來，而且我也不太曉得要怎麼到那裡去，所以……要好好用喔！」

「喔……嗯，我會的。謝謝！」

見到梅普露說得臉上堆滿笑容，莎莉也說不出其他回答。

「那我去試試看喔。」

「嗯！慢走！」

梅普露揮手目送莎莉離開基地。

並為莎莉喜歡她的禮物，開心地坐在沙發上搖來搖去。

到了隔天。

莎莉把墜鍊還給了梅普露。

「呃，不用還喔？送妳的耶？」

梅普露還以為莎莉是在跟她客氣，但莎莉搖了頭。

「梅普露……對不起喔，這個我不能用……」

莎莉說得有氣無力，讓梅普露滿頭問號。

「梅普露，妳到野外裝備起來看看吧。我在基地裡等妳……」

她說完就逃跑似的溜進基地深處。

「嗯嗯？」

不明所以的梅普露姑且照她的話去做，到野外裝備「拯救之手」。

「唔咦！」

兩隻半透明的手從梅普露背後伸出來，停在她斜前方空中。

「啊……啊啊原來是這樣……呃，結果沒有超渡到嘛！」

「拯救之手」跟字面上一樣，真的是手。

飄浮在梅普露視線中的手只有手掌，莎莉不可能受得了這種事。

「而且也沒救到莎莉啊！反而還……討厭！」

下次一定要親自檢查效果以後才送。梅普露深深反省。

雖然梅普露這個禮沒送成，自用倒是沒問題。

梅普露暫且換回原來裝備，開啟屬性視窗，盯著飾品欄開始思索。

梅普露

Lv50 HP 40／40〈+160〉 MP 12／12〈+10〉

【STR 0】【VIT 250〈+1755〉】

【AGI 0】【DEX 0】

【INT 0】

裝備

頭【空】 身體【黑薔薇甲：流滲的混沌】

右手　【新月：毒龍】　左手　【闇夜倒影：暴食】
腿　【黑薔薇甲】　足　【黑薔薇甲】
飾品　【感情的橋樑】
【強韌戒指】
【生命戒指】

技能

【盾擊】【步法】【格擋】【冥想】【嘲諷】【鼓舞】
【低階ＨＰ強化】【低階ＭＰ強化】
【塔盾熟練Ⅶ】【衝鋒掩護Ⅵ】【掩護】【抵禦穿透】【反擊】
【絕對防禦】【殘虐無道】【以小搏大】【毒龍吞噬者】【炸彈吞噬者】
【不屈衛士】【念力】
【要塞】【獻身慈愛】【機械神】【快速換裝】【蠱毒咒法】【凍結大地】
【百鬼夜行Ｉ】【深綠的護祐】【天王寶座】【冥界之緣】

「嗯……要裝備『拯救之手』就要拔掉一個戒指……『感情的橋樑』是一定不能拔的吧。」

拔下「感情的橋樑」就不能召喚糖漿了。

糖漿是她重要的夥伴，要拔就只能拔「強韌戒指」或「生命戒指」其中一個。

「所以……就是『強韌戒指』了吧。不過HP會減30……這靠加強防禦力補回來就好了吧。」

梅普露嗯嗯點頭，移除「強韌戒指」收進道具欄，換上「拯救之手」。

白色的手從梅普露兩側悄然出現，浮在空中。

然後梅普露見到裝備欄多了兩個。

「就先放……『白雪』和『紫晶塊』好了？登記在【快速換裝】裡的裝備好像不能用。」

結束裝備後，梅普露的【VIT】再提升70，算上技能乘以六倍。

接著她見到「拯救之手」都配備了盾牌。

「啊，可以動！可是……好難喔。」

梅普露想像雙手移動的樣子，兩隻飄浮的手跟著移動。

感覺就像多了兩隻手。

「【暴虐】操縱起來就很輕鬆。這個還滿，唔唔……滿難的。」

梅普露試著練習用盾，可是兩隻手不是做相同動作就是注意力太偏向其中一側，另一邊根本沒在動，似乎要花不少時間才能熟練。

「目前能做這個動作就行了！」

梅普露將兩面盾牌拉到面前，自己再舉盾。

於是前方就多了三面盾構成的牆，肯定能擋掉很多攻擊。

「就練習這個吧，嗯！」

梅普露就地花了段時間反覆練習收放兩側盾牌。

「我也要多學一點塔盾的用法才行……請教一下克羅姆大哥好了。」

這麼想之後，梅普露便返回基地。

梅普露盾牌變多是因為飾品，不是來自技能，所以在城裡也是如此。

路上的人不是多看她兩眼，就是錯愕得愣在原地，紛紛拍照回報公會。

但她完全沒發覺，就這麼進了基地。

克羅姆正好在大廳裡休息。

「喔，梅……好喔。」

克羅姆忽然有所徹悟，努力擺出爽朗笑臉走向梅普露。

梅普露見到他剛好在，也跑過去。

「克羅姆大哥！可以教我用盾的訣竅嗎？」

「這個嘛……怎麼說，妳是問飄在空中的那兩個嗎？」

「就是啊！現在手變多了，很難控制耶。」

「是啊，一般不會長手嘛……」

儘管如此，克羅姆還是盡點人事，帶梅普露到裡頭的【訓練場】去。

梅普露在這裡秀出【天王寶座】，讓克羅姆腦容量正式爆炸。

但他仍願意姑且一試，進行模擬戰之後得到的結論，是就算盾牌用得不靈活也幾乎不成問題。

只要坐在寶座上，偶爾受點穿透攻擊不會怎麼樣，況且多兩面盾牌，穿透攻擊命中的機會就小了很多。

若需要離開寶座，還有【暴虐】能用，不然還能靠【不屈衛士】撐一次。在她坐下而不能動時，其他隊員也能藉傾力於攻擊來彌補。

「我就不行了吧？……也是啦，沒有寶座這個前提本來就不行。不過這也不是萬能。」

既然如此，就替她頂住缺漏的地方吧。克羅姆如此下定決心，繼續指導梅普露。

641名稱：無名塔盾手

嗨。

642名稱：無名長槍手
不用說了，我都懂。

643名稱：無名弓箭手
變多了呢。
梅普露旁邊有盾牌在飄。
應該說她手變多啦！

644名稱：無名魔法師
她防禦力還要再升嗎……

645名稱：無名塔盾手
剛剛跟梅普露打模擬戰，來說點感想……大家都知道她有什麼變化了嘛。
那我就說嘍。

646名稱：無名巨劍手
不會害到梅普露就好。

647名稱：無名塔盾手
了解。
第一個就跟你們看到的一樣，手變多了。
盾牌的數據會加上去，技能也能用。
但雖然變得更硬了，提升的數字對她來說也只是誤差值而已。
反倒是梅普露之前的障礙物變多這點，實在很有事。
而且好像還能控制。

有三塊塔盾在擋，根本打不中了吧……

648名稱：無名弓箭手
根本是判弓箭手死刑啊。
多的盾果然是能動的嗎，

我快瘋了。

649名稱：無名塔盾手
梅普露現在還不太會用盾，擋得不夠紮實就是了。

但也只是「現在」而已。

650名稱：無名長槍手
頂級塔盾玩家不會用盾，真的很搞笑。

目前就像是某種枷鎖吧。
我心中有個聲音在大喊，說她根本不用學用盾啊。

651名稱：無名塔盾手
下一個。
我也親眼看到那個寶座了，
長在龜殼上的應該不太正常。

６５２名稱：無名魔法師
說得也是。

６５３名稱：無名弓箭手
那一般都是固定在地上的吧。

６５４名稱：無名塔盾手
在地上也一樣，坐在寶座上的時候，底下會有白色的領域。

然後寶座有某種封印效果，
我有幾個技能被封住了。
大概是比較凶殘的技能會被封印吧……
對梅普露自己也有影響？
細節不太清楚。

另外，那會自動補血。

655名稱：無名巨劍手
最後那個那麼可怕，不應該說得像補充一樣吧。
只要找個隊友坐上去，幾乎打什麼都會贏嘛。

656名稱：無名魔法師
如果會封印凶殘的技能，梅普露就全中了吧。

657名稱：無名長槍手
搞不好連她自己都被封印。

小嘍囉也很可怕，不過還是本體最恐怖。

658名稱：無名弓箭手
只要坐著就天下太平呢。
一旦王站起來……怕。

６５９名稱：無名巨劍手

因為她是玩盾嘛。不過這樣說也有點那個。

塔盾玩家的守護能力，

本來就是旁邊人愈多愈強。

要是公會成員全都在身邊，一道美味的王座廳就製作完成。

６６０名稱：無名長槍手

護衛就已經強到爆了。

如果還有梅普露罩……

只能靠潛行暗殺了吧。

既然梅普露是王，

而王常常死於暗殺，對梅普露一定有效。

６６１名稱：無名塔盾手

不曉得耶。

我不清楚她除了毒以外還有什麼抗性，有人能在她拿到所有抗性之前打贏她嗎？

662名稱：無名巨劍手

只能期待RAID王了。

一般人沒機會。

高手也沒機會。

專家知道風險大，根本不會接近。

那就只能找有危險也照衝不誤的魔王了！

663名稱：無名魔法師

可是如果有魔王能正面撞贏梅普露，那這個魔王又有誰打得掉呢。

664名稱：無名塔盾手

梅普露的變化就報告到這裡，

我要去教她怎麼用盾了。

改天見！

６６５名稱：無名巨劍手

他要去把她養到打不動了！

６６６名稱：無名長槍手

本來就打不動了吧！

６６７名稱：無名巨劍手

就是啊……真的。

之後眾人聊起梅普露當王會搞出什麼樣的國家，又是另一段故事了。

第七章　防禦特化與幫打

定期向克羅姆學塔盾用法的梅普露，一有空就會在第六階城鎮裡亂逛。

「嗯～要給莎莉的道具都給了，現在要做什麼咧～？」

漫無目的地走了一會兒，結論是不用特別去做什麼，慢慢等下次活動也不錯。

「悠悠哉哉地玩也不錯吧，打幽靈實在很累。」

梅普露在城鎮的長椅坐下，看著幽靈飛過天空時收到了訊息。

「嗯？是誰啊……啊，蜜伊耶！」

她立刻讀過一遍。

內容表示現在蜜伊有空，問她想不想一起打怪。

「我現在也有空，沒問題……傳送。在東門等是吧。」

梅普露離開長椅，往東門走去。

到東門時，蜜伊已經在那等了。

「不好意思！等很久了嗎？」

聽梅普露這麼問，蜜伊先確定附近沒有熟人以後才回答：

「沒關係。對不起喔，突然找妳來。」

「不會不會，反正我也沒計畫。」

「是喔？不過還是謝謝妳喔。那就不要浪費時間，可以跟我來嗎？」

「嗯！」

梅普露就此跟隨蜜伊離開城鎮。

走得愈遠，周圍玩家的影子愈少，蜜伊的表情也漸顯放鬆。

「不用【暴虐】真的好嗎？配合我的話會打得很慢喔……」

「不用啦，我也想慢慢地邊聊邊打。」

兩人聊著最近發生的事，往目的地前進。

從上次活動怎麼樣，聊到對第六階怪物的感想。

蜜伊說鎮上氣氛讓她有點怕，梅普露就說她搞不好跟莎莉會合得來。

兩人一路聊啊聊地來到目的地。

「嗯～是墳場耶。」

「是啊。這裡會出鬼火……可以拿到強化火焰攻擊的技能。不過它們攻擊都是大範圍，而且很痛。」

「這種事就交給我吧！【獻身慈愛】！【天王寶座】！」

梅普露背上長出天使之翼，變成金髮碧眼。

頭上飄浮閃耀的天使光環，背後出現白色寶座。

梅普露一屁股坐下去，對蜜伊微笑著說：

「隨時可以開打了。啊，可是不要離我太遠喔？」

「唔？啊，呃、嗯。知道了。」

蜜伊硬是把眼睛從變身完畢的梅普露身上移開，轉向開始湧現的藍色鬼火。

「【炎帝】！」

蜜伊身旁出現兩顆大火球，將鬼火一一吞噬。

不過它們的強化火焰攻擊技能不是給假的，抗性相當高，連蜜伊的火球都不能一擊撂倒。

「果然不行啊……虧我還稍微加強過才來的！」

蜜伊振臂擊出火球的同時，大量湧現的鬼火噴發淹沒整片視野的藍色火焰。

「……！啊，我忘了！」

蜜伊在熊熊烈火中向後轉。

火焰中，代她承受攻擊也依然滿血的梅普露仍坐在那裡。

有不落要塞的保護，小小的鬼火是打不倒蜜伊的。

「果然厲害……這樣就能隨時補魔了呢。」

蜜伊一邊喝ＭＰ藥水，一邊全力攻擊。在她的業火如此攻擊下，鬼火要不了多久時間便已全滅。

將數十個蜂擁而來的鬼火全部打倒後，蜜伊走向依然坐著的梅普露。

「謝謝喔，梅普露。變得好輕鬆。」

「已經好了嗎？好厲害喔～！旁邊一直都是藍色的火耶……閃亮亮地好漂亮！」

「那真是……太好了？很漂亮嗎？也對，那是只有妳才看得到的畫面吧。」

「是喔？那我還滿幸運的嘛！」

「大概真的是這樣。嗯……拿什麼報答妳才好呢……啊！對了。」

蜜伊露出想到好主意的表情。

「梅普露，妳還想繼續提升防禦力吧？」

「嗯？對呀！我要一直升到絕對不會受傷！」

「哈哈哈，我就知道妳會這樣說。其實我在鎮上的情報販子那聽到有關【鋼鐵身軀】跟【沉重身軀】的消息，都跟【ＶＩＴ】跟抵抗力有關係喔。明明情報賣得很貴，卻只說要去南方找，所以多半是很好的技能。」

「還能買技能的情報啊……」

見梅普露驚訝得睜圓了眼，蜜伊的眼睛也變得一樣大。

「妳、妳都不曉得啊？……那還滿貴的喔，不過滿容易能問到不錯的技能。」

蜜伊跟著告訴她第六階情報販子的位置。

「唔唔……還有好多好多我不知道的事喔。謝謝喔，蜜伊。」

梅普露做好筆記，向蜜伊道謝。

「我才要謝謝妳呢。嗯～可以完全專注在攻擊上真的好棒喔～！」

蜜伊笑嘻嘻地伸伸懶腰，而梅普露回答：

「啊，對了！既然我們都出來了，要不要再去其他地方？當然，如果沒空就不勉強了。」

「好哇。妳讓我這麼快就打完了，我們找個地方吃東西吧。」

「那就這樣吧！我們走！我知道不錯的店喔～！」

「呵呵。比起野外的事，妳對這種比較熟呢。」

「……好像是耶？」

兩人邊聊邊回到第六階城鎮，梅普露帶領蜜伊來到位於城鎮角落的咖啡廳。

蜜伊環視店內，確定沒有其他玩家後對梅普露說：

「裝潢很樸素，可以很放鬆耶。」

「第六階的店大多外面看起來破破爛爛的，可是裡面都很乾淨又耐坐喔～」

幸好【公會基地】裡頭也很乾淨。梅普露暗自滿意。

兩人找窗邊桌位坐下，點好餐開始閒聊。

「蜜伊，妳之前活動打得怎麼樣？」

「我？我碰巧遇到米瑟莉，所以去過很多地方。哇，我也跟克羅姆和奏一起打過……他們都好強喔。」

「呵呵呵～他們都是我自豪的公會成員喔！」

「那妳打得怎麼樣？」

「到最後，我也只進去過一次。就一直打不到傳送水晶，而且我也想跟朋友一起玩，所以就算了！唉……希望下一階趕快上線，這樣莎莉就能回來了。」

「嗯？話說最近都沒看到莎莉耶，她怎麼了？」

在蜜伊印象裡，經常能看到莎莉在野外用她異常的迴避力蹂躪怪物的身影。

「呃……莎莉很怕第六階這種氣氛的地方，怕到都不來了。」

「喔……呃，這樣啊？真想不到，還以為她什麼都很完美呢。」

「嗯，所以她現在都在第五階升級喔～我也時不時會去找她。」

「妳們感情好好喔，真羨慕。」

「嘿嘿嘿，在外面我們也都一起玩喔！」

梅普露開心地笑著說。儘管一開始是莎莉強行推薦這個遊戲，結果現在梅普露自己比她還愛玩。

「妳不會跟公會的人一起探險嗎？」

「哈哈哈……嗯～其實還滿常的啦，可是跟妳打心情上比較輕鬆。米瑟莉也知道我平常的樣子，跟她打也是超輕鬆的！」

跟梅普露以外的人組隊戰鬥時，蜜伊需要隨時扮演她在遊戲裡的形象，情緒上實在積極不起來。

「早知道會變成這樣我就不演了……嗚嗚……」

「唔……好像很累的樣子。」

「就是啊！超累的！拿到很帥的技能就得意忘形，把形象塑造成這樣的我真是笨死了……」

蜜伊往前一倒，額頭抵在桌面上扭來扭去。

她是順利獲得強力技能，玩開了以後就開始裝模作樣，後來演得愈來愈多，一回神已經當上公會會長了。

「那以後有機會就來找我吧！就當是給自己喘息的空間！」

「嗯，麻煩妳了……」

蜜伊趴著回答時，店門叮叮噹地打開。

接著，梅普露看到熟人的臉。

「啊，果然是梅普露跟蜜伊，呀呵～」

「芙蕾德麗卡，妳跟霞在一起啊？真難得。」

聽到來人的聲音，蜜伊立刻起身端正姿勢。

「探查敵情啦～我去公會大廳找莎莉，可是她都不在～」

「哈哈哈，妳又來了。」

芙蕾德麗卡以探查敵情為由找莎莉決鬥，已經變成例行公事了。雖說贏了以後就不會再來，可是屢戰屢敗，最後伊茲還會泡紅茶安慰她。

「所以我就換找霞，想把她射爆！」

「結果被我砍趴了。」

「……就是這樣～」

芙蕾德麗卡表情有些鬱悶地在霞身旁坐下。

「今天伊茲不在，我也逛夠了，就陪她來休息一下。」

於是在路上隔著窗戶看見她們，就一起進來了。

「我們也是剛打完一大堆怪喔！蜜伊好厲害喔，真的是什麼都要燒光光的感覺呢！火焰也好漂亮～」

梅普露回想著和蜜伊一起打怪時的絢爛焰花，往蜜伊看。

「……這是因為我日夜鑽研，獲得更強大魔法與技能的緣故。」

「啊……對、對喔！這樣啊，也對啦。」

蜜伊態度說變就變，讓不善說謊或掩飾的梅普露支吾地應話。

「……？算了算了。遲早我也要跟妳討回來的啦～只是從第四次活動以後就再也沒機會了～」

「唔，我也不會輸喔！我還在熱烈成長中喔！」

「我們家培因也一直在成長喔～」

「這時候應該說自己才對吧？」

聽霞這麼說，芙蕾德麗卡露出非常哀怨的表情回答：「就是不行才那樣說嘛。」

「想贏梅普露的話，好歹要先打贏我才行。」

「突然瞬移到背後太奸詐了啦……」

「莎莉第一次看就躲掉嘍。」

「唔唔……這樣更奸詐。」

「嘿嘿嘿，莎莉可是很厲害的喔！」

「下次活動……不曉得是什麼時候，到時我一定會贏的～蜜伊，妳也是吧～？」

「咦？……沒、沒錯，妳說的對。身為【炎帝之國】的會長，我可不能向她低頭認輸啊。」

蜜伊清咳一聲，這次不是演戲，用挑戰的笑容對梅普露如此宣言。見狀，梅普露也握緊拳頭宣言回去。

「我接受妳的挑戰！啊，拜託不要用穿透攻擊喔！」

「這樣哪打得贏啊～話說回來，最近有一些關於妳怪怪的傳聞，說看到妳召喚出了怪怪的東西……」

梅普露在想到底是什麼東西奇怪之後，反問：

「妳、妳是指哪個啊？」

直至今日，梅普露對自己的遊戲經歷也是詫異連連。她也知道，自從與芙蕾德麗卡上一次交手以來，自己獲得了幾個令人傻眼的技能。

「嗯嗯？不只一個喔？」

「看來還有我不知道的呢。」

「梅普露現在光是站在人群裡就夠強了耶～」

芙蕾德麗卡不禁埋怨說憑她一個人，根本應付不了梅普露的廣域庇護。

「下次我可以坐著打喔！其實我啊，現在可以叫寶座出來！」

「啊咦？喔……這樣喔～」

「雖然我已經很習慣梅普露那樣了……不過第一次看到寶座的時候還是忍不住懷疑自己的眼睛。」

芙蕾德麗卡顯得很驚訝，同樣被嚇過的蜜伊聽了霞的話也點點頭表示贊同。

四個人就這麼邊聊邊享受店裡的點心和飲料，直到霞和芙蕾德麗卡說有事要做而離開店舖為止。

「我一直在找妳的烏龜那種可以帶著走的怪物呢。如果第六階有，搞不好是鬼魂型的。」

芙蕾德麗卡臨走前這麼說，但梅普露直盯著她眼睛看，看到她尷尬得躲開視線。

「唔……不可以對莎莉用喔！」

「嘿嘿嘿，被發現啦？」

「不然下次ＰＶＰ活動我會去咬妳喔……」

梅普露不只說，還開玩笑地齜牙咧嘴把牙齒咬得喀嚓作響。

在戰場上實際碰面時是用【暴虐】咬，絕對沒有這麼可愛。

「妳是真的會咬耶……上次活動差點把我嚇死呢～」

「從今天的感覺來看，我好像也變成她的決鬥對象之一了。她應該還會一直來，梅普露妳也陪她打打看吧。」

「唔咦？不、不用了啦～」

芙蕾德麗卡一聽此話馬上要逃離現場，她搖手說拜拜之後就跟霞一起走了，留下梅普露和蜜伊兩個。

「……走掉了嗎？」

「嗯，走掉了！」

蜜伊這才吐一大口氣，把全身體重癱在椅背上。

「好、好險喔……突然就跑進來，差點來不及。」

「我看妳突然變得那麼正經，也嚇了一跳。」

「唔……在知道的人面前演戲真的好丟臉喔……」

蜜伊搔著頭慢慢深呼吸，安定情緒。

「我們下次到比較不會遇到熟人的地方去吧。我偶爾會跟莎莉一起到以前的階層探險，知道很多好地方喔！」

「我就知道妳很懂，妳真的很喜歡玩這個遊戲耶。」

「可是我還有很多地方沒去過，還有很多樂趣可以發掘喔？」

梅普露將她想去的地方一個個屈指算給蜜伊看，看她算得這麼開心的模樣，蜜伊也不禁莞爾。

「不錯喔，好像很好玩。我也跟米瑟莉一起到處逛逛好了。」

「對呀～只顧著升級很容易就累了！」

梅普露補一句「我也隨時可以陪妳」，對觀光夥伴增加感到很滿足的樣子。

「以後有什麼消息我再告訴妳，妳也要幫我找好玩的地方喔？」

「收到！看我的！」

與蜜伊告別後，梅普露便往據說有技能的南方出發。

第八章　防禦特化與兩名少女

梅普露一路應付從地上伸出來抓腳的白骨手，走走停停地往南方行進，最後見到一間大洋樓，有之前與莎莉闖過的鬼屋那麼大。

「唔……很想進去看一看，可是室內不能用【暴虐】……怎麼辦咧？」

她猶豫片刻，選擇直接走進去。

「打擾了～喔喔，好大……」

眼前是一座寬敞的門廳。

能看見通往二樓和地下的階梯。

正面牆上，有一幅破破爛爛，勉強掛著的男性肖像畫。

「嗯……要從哪開始調查咧？照理來說是地下室？地下室好像都會藏東西耶。」

梅普露沒有探索一樓，先走通往地下的樓梯。

「會有什麼呢～！唔唔唔？」

就在她意致昂揚地出發時，旁邊牆上突然刺出槍來，嚇得她忍不住大叫。

「是、是怎樣……呼，嚇我一跳……」

槍在接觸梅普露身體的瞬間就停住，一點點也沒有刺進去。

「啊，樓梯凹進去一點點了。是踩到就會觸動的陷阱嗎？」

梅普露扭身穿過槍的縫隙，繼續前進。

樓梯底下是條長長的走廊，兩側有好幾扇門。

「全都看一遍吧，有點累就是了。」

梅普露直往最近的房間走。

啪地一聲，腳冷不防勾斷了綁在走廊上的細線。

「嗯？嗯嗯？」

頭上忽然傳來轟隆隆的聲響，同時一片巨大的斷頭臺鍘刀以梅普露避不開的速度掉下來。

刀準確地撞上梅普露的頭，當場碎掉。

「……？……？？」

梅普露摸摸頭，沒有怎樣。

只有感到一陣小小的衝擊。

她蹲下撿起四散的鍘刀碎片，歪著頭看。

「是放太久脆掉了嗎？話說我是不是不應該先來地下室啊，一堆陷阱，嚇都嚇死了……」

梅普露害怕又出事而仔細查看四周，但沒有發現可疑之處。

「總之先回樓上吧……奇怪？」

沒想到當她回頭時，原本那道階梯已經不見了，只有一面冰冷的牆壁。

「怎、怎麼會！」

梅普露試著將塔盾貼上牆看看能否破壞，然而沒有觸發【暴食】，表示那是不能破壞的牆。

「……沒辦法，只好繼續搜了！搞不好真的有我要的技能！」

重整心態後，梅普露又傻傻亂走了。

這次右腳底下地面叩一聲凹下去，兩側牆壁隨即擠壓過來。

「搞、搞什麼！」

梅普露拔腿就跑，但跑不出長長的走廊，便被牆壁夾得動彈不得。

「好像……不會被壓扁？可是我也不能動了……唔唔唔。」

即使強行啟動槍砲，還用上了【毒龍】，牆壁卻依然分毫無損。

她就這麼在這個輕壓的感覺中待了一會兒，最後牆壁慢慢退回原位才重獲自由。

「怎麼辦，腳下和空中好像都有東西……」

梅普露愣在原地，不敢輕舉妄動。

其實什麼攻擊都不怕的梅普露根本不用在乎陷阱，不過她自己沒注意到這件事。

「怎麼解決呢……嗯……」

不久，梅普露露出想到好主意的表情。

「嘿……咻。然後再從上面夾起來……完成！」

梅普露把【拯救之手】所舉的一面盾牌降到腰部高度，然後蜷身躺上去。

接著將另一面盾牌從上方夾住她的身體，伸手往前架持【闇夜倒影】。

她就這麼像蚌殼一樣被上下兩塊盾夾在中間，操作【拯救之手】慢慢浮起。

「好耶，成功了！……這樣就不用怕踩到陷阱了！」

梅普露繼續想像【拯救之手】往前伸的感覺，讓盾夾著自己飄向走廊彼端，以避開地面陷阱。

結果速度愈來愈快，當見到眼前有條兩端接在牆上的閃光細絲時，已經太遲了。

「啊！不要……！」

慌張的梅普露沒能煞住【拯救之手】的前進勢頭，讓【暴食】硬生生截斷了線。

這次又有槍刺過來，雖然同樣沒對她造成傷害，但作戰沒能順利執行讓她嘟起了嘴。隨後——

「【長毛】！」

羊毛應聲暴長，包住梅普露與其周圍三面塔盾，這次她成了一顆飄在空中的巨大毛

球。

「聽不到～聽不到～陷阱的聲音我都聽不到～！」

梅普露全身縮在毛球裡，一路飛過走廊。

路上觸動好幾次陷阱，梅普露理都不理。

無論是斷頭刀、毒箭還是地面或天花板刺來的槍，全都傷不了她一分一毫。

這洋樓的陷阱，就連梅普露的反應都得不到了。

「撞牆就轉彎……從最裡面開始搜！好東西一定在最裡面，重要的東西就是要藏在最裡面！」

就這樣，飄浮毛球毀滅路上所有觸動的陷阱，飄啊飄地往最深處前進。

一段時間後。

「啊，撞牆了！往左……彎不過去嗎，那往右！……奇怪？」

只管飄的梅普露聽見太多次陷阱的聲音，已經習慣鏗鏗鏘鏘的啟動聲了。

「怎麼啦……啊！」

別說左右，連後退都辦不到的梅普露從毛球探出頭來。

這才發現周圍都是鐵條，她被籠子關了起來。

「碎掉吧！」

梅普露再伸出手挺出塔盾，往柵欄上擠。

這次柵欄被【暴食】穩穩咬開一個洞，整個籠子發光消失了。

「什麼嘛～沒有想像中的堅固。不過看不到也不方便，還是探個頭好了……」

梅普露就這麼只把頭伸出毛球，再度前進。

無論是牆壁噴出毒氣，還是地板整個往下開出大洞，梅普露一樣是活蹦亂跳，毫髮無傷。

「哇，到底了。走了好長一段，這裡應該比原先看到的更深吧？」

梅普露面前有一扇門。

決定從最深處搜回去的她將手伸出毛球，扭動門把開門。

「嘿……有點卡住……嗯嗯嗯，進去了！」

梅普露硬是把全身羊毛塞過門框，啵地進入房中。

然後環視房中擺設。

牆上有等間隔設置的燭台，燒得很短的蠟燭朦朧地照亮寬廣的房間。

地板和牆壁破舊得到處坑坑疤疤，牆邊還擺放著幾具損耗得很嚴重的甲冑。

甲冑手上都握有武器，遠遠看起來還都能用。

正前方的甲冑特別豪華，吸引了梅普露的目光。

「那會是魔王嗎～？應該有機關吧？」

梅普露飄過去，來到房中央時注意到地上有張紙。

「哎喲喲……降下去。」

飄落地面後，她從毛球伸手撿起紙查看內容。

「這是叫做手札嗎？我看看……觸發愈多陷阱會愈強？唔哇！」

讀到這裡時，天花板有好幾條鎖鍊叮叮噹噹掉下來，瞬間就捆住了她。

鎖鍊在梅普露反應之前將她一圈圈捆起來，使毛球狀態的她在空中無法動彈。

她試著用【拯救之手】移動盾牌，但那也被捆得很緊，頂多只能搖動幾下，卻掙脫不了。

「現、現在怎麼辦……」

在梅普露被吊住時，周圍約二十具甲冑一起緩緩挪動起來。

那獨一無二的豪華甲冑動作特別敏捷，簡直像裡頭有人一樣。

「計、計畫作戰時間！」

梅普露把頭縮進毛球裡，整理現況。

「總之……它們已經在攻擊了，可是感覺沒問題，先看一下狀況吧。」

於是她又撥開毛球探出頭，查看周圍情形。

正好有把劍朝她飛過來。

劍被毛球彈開後在空中忽然停止，又往她飛來。

「咦？不是丟過來的喔……」

發現劍不會因為脫手而出現破綻後，梅普露凝目尋找其他異狀。

「嗯？那個豪華甲冑……」

梅普露注視原本就很喜歡的豪華甲冑。甲冑散發蒼白微光，沒有直接攻過來，只是靜靜待在那裡。

然後注意到飛來的劍和槍也散發同樣的光。

「先打倒甲冑應該比較好吧！【全武裝啟動】！」

一根根黑柱伸出毛球。

如無數手腳般伸展的黑柱全都附帶槍口或砲口，無一例外。

「【開始攻擊】！」

梅普露開始掃射時，飄浮的劍和槍竄入她與甲冑的射線之間，高速旋轉彈開槍彈。

「好酷喔……！喔不，那換【毒龍】！」

梅普露像在說剛才的攻擊只是小試身手，這次毒龍吞沒了劍向前飛竄。

直接擊中最裡面的豪華甲冑，將地面變成毒海，熔蝕其他甲冑。

飄浮的武器也墜落地面，再也沒有任何東西朝梅普露襲來。

「啊，鎖鍊也鬆開了。這樣就結束了嗎？好～不用羊毛了。」

梅普露取出道具對羊毛點火，包覆她全身的毛便瞬時消失。

然後她重整旗鼓，跳到地上。

「嘿咻。來來來，掉了什麼咧～」

沒想到正要踏出第一步時，遭毒龍直擊破壞的豪華甲冑又湧現蒼白光芒，在空中聚集。

「怎麼了？」

梅普露不怎麼防備地看著這一幕，只見光芒逐漸成形，顏色也變了。

當蒼白光芒慢慢淡去後，展露出飄在空中的小女孩。

有一雙綠色眼睛，留著一頭長長銀髮的她，穿著一身與荒廢屋宅的氣氛很不搭調，亮麗的綠色洋裝。

小女孩看著梅普露嗤嗤地笑。

梅普露急忙舉盾時，背後有隻手悄悄伸過來，嚇得她慌忙回頭。

見到的是與綠衣小女孩的洋裝造型相同，卻是一身亮紅色的小女孩。

「不可以喔。這麼危險的東西，趕快丟掉吧？」

梅普露的盾牌和鎧甲等裝備居然自己卸除，飄到一邊去，在淡紫色光芒包覆下消失不見了。

「咦！是、是怎樣！」

「姊姊，我們來玩吧？」

綠衣小女孩在空中轉著圈這麼說，發出蒼白光芒的甲冑隨之鏗鏗鏗鏘地組裝來，飄上空中。

「開心地玩吧，姊姊？」

紅衣小女孩這麼說之後，地面扭曲牆壁崩裂，整個空間改造得亂七八糟。

原本不存在的走廊延展出好多條，地板和天花板上都出現門，整棟洋樓不再是原本的樣貌。

「「數到十就可以開始找嘍。」」

兩人只留下這句話，嗤嗤笑著變成藍色與紫色的光，穿牆而去。

兩名小女孩在梅普露還處於驚慌失措的狀況外時，就完全失去蹤影。

「咦！咦？咦咦？」

梅普露慌張地四處張望，只見好幾個纏帶蒼白光芒的甲冑踏著一致步伐往她逼近。

「啊，咦！【毒龍】不能用了，呃，【暴虐】也無法使用……對了，【全武裝啟動】！」

在失去裝備，無法使用主力技能的情況下，她想起【機械神】的彈藥還沒用完，再度啟動武器。

全身浮現齒輪與管線，槍管砲管逐漸延伸。

「好！」

「哎呀～都說不行了。她又用危險的東西了～」

「她又用了～」

梅普露才剛放心，房中又響起小女孩的聲音。

隨後藍光與紫光包圍梅普露，剛啟動的武器潰散而逝。

「不會吧——！」

「壞孩子～」

「要接受處罰～」

發出蒼藍光芒的槍與劍，隨她們的話從地板和天花板長了出來。

劍直接高速射向梅普露。

「哇！」

梅普露急忙用手護頭，劍撞上她的手臂。

「唔……還、還好，完全沒事。」

她就這麼用肉身彈開所有來自飛劍飛槍與甲冑的攻擊。

所有攻擊都在她身體表面停住，一點傷害也打不進去。

「呃，有什麼技能是沒穿裝備能用的嗎？啊，【天王寶座】！」

白色寶座出現在梅普露背後。

她深怕又被消除，戰戰兢兢地坐上去等待片刻，但沒聽見小女孩的聲音。

「我懂了……所以這個『不危險』是吧。嗯～意思是不能用可以打出強力攻擊的技能嗎。」

那麼【百鬼夜行】應該也不行，梅普露決定保留。

對目前幾乎失去所有攻擊手段的她而言，那是唯一能依賴的夥伴。

她懷著說不定魔王戰能用的細微期盼，姑且用手打下飛劍慢慢前進。

「唔唔……門也太多了，鎧甲又砍得好厲害……」

即使被十具以上持劍甲冑包圍著砍個不停，梅普露仍毫髮無傷地來到出現在房間牆上的其中一扇門邊。

「嘿！走開！」

梅普露猛一開門衝進去，立刻用雙手把門關上。

然而甲冑沒有繼續追擊，梅普露暫時鬆口氣，癱坐下來。

「太好了……現在怎麼辦，裝備還剩一個……又被搶走就慘了。」

儘管梅普露失去裝備所提升的防禦力和ＨＰ，她也依然擁有過剩的硬度。

能攻破她四位數防禦力的攻擊，強度足以一擊葬送任何玩家，自然不會滿地跑。

因此，單純挨打是沒問題的。

「好，努力把裝備找回來！」

梅普露鬥志高昂地穿過走廊。
失物可能放置在任何角落，不能錯過任何一個房間。
眼前每一扇門都非得打開來看看不可。
即使裡面十之八九有陷阱也一樣。
「呼……打擾了！」
梅普露作個深呼吸，進房就彎起身子查看四周。
房裡有張鋪了桌布的五公尺長桌，兩側座椅排放整齊，桌面上有一座燭台。
扭曲的牆上掛著一幅幅風景畫。
「呃……嗯。牆壁就只是歪歪扭扭而已，沒什麼特別的。」
梅普露仔細搜索桌底和畫，什麼也沒找到。
「好，沒問題的樣子……啊！」
當她調查完位在最深處的畫而回頭時，赫然見到椅子、燭台和畫都發出蒼白光芒。
「喂！等……！」
它們當然不會聽從梅普露的遏止，一張張椅子飛過來砸在梅普露身上。
「劍都沒關係了……沒什麼好怕的！可是這、這也太多了吧！」
梅普露試圖爬過乒乒乓乓砸過來而在地上堆成小山的椅子和畫。
然而燭台先一步飄過來，點燃了它們。

「咦！」

梅普露還來不及跑，堆積於四周的家具已是烈火熊熊，還把梅普露也捲了進去。

十幾張椅子與圖畫所燃起的業火，燒成比梅普露還要高上好幾倍的火柱。

當一切都化為灰燼時，只有梅普露還是好端端地杵在原地。

「呼……幸好初始裝備不會燒掉，不然我什麼都沒穿……唔唔，對心臟真不好。」

梅普露拍拍衣服上的灰，往房門外走。

途中一直盯著回到桌上的燭台看。

「……妳們才是壞孩子吧？」

梅普露嘟著嘴這麼說，從道具欄拿出強力膠抹在燭台下，放回原位。

說不定怪物掉落的強力膠，能把燭台跟桌子緊緊黏在一起。

「真是的，看我怎麼處罰妳們！」

梅普露以比進房時更強的力道推門出去。

在第一間房遇上火災後，大約過了兩小時。

梅普露的身影又出現在走廊上，走得氣喘吁吁。

髒兮兮的身上到處都是灰塵和炭渣。

「唔唔……我不要再摔坑了……」

不能玩毛球飄浮的梅普露，在這兩小時的探索中觸發的陷阱數也數不清。被火燒了好幾次，也摔進坑裡好幾次，中間穿插幾個砍人的甲冑，尖槍和鍘刀早就看膩了。

其中梅普露最討厭的就是陷坑。

坑裡的棘刺對她不是問題，反而還會被她壓斷，但是坑本身就不一樣了。

雖然可以用折斷的棘刺插進脆弱的坑壁當梯子踩，可是她摔下來好幾次才終於爬出去，累得不得了。

麻煩到第二次摔坑時，她當場眼神死。

「莎莉看得出哪裡有陷阱嗎……我根本看不出來啦……」

梅普露戰戰兢兢地把腳伸出去，結果腳下地面叩一聲沉下去。

「咿嗚！」

她急忙退開，但在那之前已有東西朝她飛來。

「……嗯！還、還好，只是毒箭而已……」

梅普露撿起沾有紫色液體的箭，嘟噥著說。

因毒箭而安心其實也有點怪，不過對現在梅普露而言陷坑才是最讓她頭痛的東西，這也是沒辦法的事。

「嗯……我應該走得很深了吧……有吧？」

牆壁和走廊都歪歪扭扭，而且天花板上也有門，讓她很擔心自己先前都在做白工。

「這次換這邊！」

梅普露像平常那樣靠直覺開門走進去。

幸虧她有副失去裝備也能彈開陷阱的軀體，可以在上百陷阱中隨便亂走。

步行速度雖慢，事實上步調卻遠比一般玩家按部就班探索這迷宮快多了。

如此搜索幾十分鐘後。

「啊！那扇門……！」

梅普露瞇眼望向走廊彼端一扇不同於以往的門。

那是她在遊戲裡見過好幾次的魔王房門。

「好！我要把裝備搶回來！」

梅普露噠噠噠地往門跑去。

這當然觸動了很多陷阱，但她早已習慣突如其來的槍與箭，嚇都嚇不了她。

「不管不管，臭雙胞胎給我等著！呵呵……這次我不會放過妳們！」

就在梅普露鬥志高漲的這一刻，腳底下打開一個大洞。

「咦啊！唔……呃！」

激動得忘了要提防陷坑的梅普露，兩手雖勉強搆在門邊的地板邊緣上，但已經在發抖了。

看來是不足以爬上去。

「唔唔唔……抓不住了……！」

梅普露往下瞄一眼，見到一大灘閃亮亮的綠色液體。

看得她臉也綠了。

液體本身並不可怕，問題是底下沒刺就爬不上去。

「救命啊！快來……啊啊啊啊！」

她呼救的話都沒說完，手臂已經到達極限，便直接摔進洞底去。

啪唰一聲，梅普露背部朝下摔進綠色液體裡，表情憂鬱地望著變遠的天花板。

「唉……現在該怎麼辦呢……總之這個看起來有點毒的好像不用怕。呃……黏涕涕的。」

對梅普露來說，坑裡的綠色液體除了冰涼以外沒有其他影響。

現在真正該解決的問題，是如何回到上面去。

「我不要沒拿回裝備就登出，要好好想想才行。」

梅普露閉上眼睛，開始思考如何脫困。

一會兒後，她靈光一閃而猛然睜眼。

「嗯……對了！【全武裝啟動】！」

槍砲管從梅普露身上伸出來，然後消失不見。

可是梅普露並不覺得遺憾，反而很高興。

「好！來，處罰我吧！快點！」

梅普露看著上方這麼說，但就是等不到槍或劍射下來。

「為、為什麼？沒關係喔？不趕快處罰我怎麼行！」

她是打算把那些槍劍刺在坑壁上當梯子，可惜計畫很快就破滅了。

魔王房前的最後一道關卡，就只是要玩家避開陷阱進房而已。

沒考慮到這種事而直直走的人，當然會落得這種下場。

「怎麼辦……可不可以叫很多【天王寶座】出來啊……」

這時，心情一下子掉到谷底的梅普露身旁出現變化。

以為只是綠色黏液的東西慢慢蠕動起來，裹住梅普露的身體。

「啊！這該不會是史萊姆吧？涼涼的好舒服……好讓人放鬆喔。」

裹住梅普露的史萊姆不斷蠢動，想把她融化。

「……對了！謝謝喔，史萊姆先生！」

靜下心來的梅普露忽然有個想法，深呼吸後喊出某個技能。

◆□◆□◆□◆□◆

梅普露掉進洞裡一段時間後，魔王房門打開了。

「啊～來了來了～被發現了～」

「嗯，她來了～被發現了～」

雙胞胎在空間處處扭曲的房裡，使物體飄在空中來玩耍，並嗤嗤地笑。

「呼……我要把裝備搶回來。」

梅普露自己也浸泡在飄浮的綠色球體裡。

「讓東西飄起來這種事，我也辦得到！」

因為史萊姆是怪物，便可用【念力】使其飄浮，那可不是專門用來給她和糖漿空中散步的技能。梅普露隨心所欲地將史萊姆的形狀捏成大大的盾牌和劍，來和雙胞胎一決勝負。

「「呵呵呵，去吧～」」

梅普露擺出架勢，劍與槍從雙胞胎背後射來。

雖想用飄的躲開，無奈速度實在太慢，根本躲不掉。

然而一根根插上史萊姆的劍與槍不僅沒能削減史萊姆的ＨＰ，還全都被它熔化了。

「喔喔～！史萊姆先生好厲害！那麼……」

梅普露用【念力】改變史萊姆的形體，不再浸在裡頭飄浮，而是當成保護全身的鎧甲，還做出兩條史萊姆製的大手。經常帶糖漿到處飛與練習【拯救之手】，讓她的遙控技術進步不少。

「嗯，很好控制，不錯喔！再來……」

梅普露伸展史萊姆手，往空中的綠衣小女孩抓去。

「啊……直接穿過去啊……還以為史萊姆先生一定行呢……」

以史萊姆的軀體作攻擊似乎是視為百分百的物理攻擊，沒有作用。

而紅衣小女孩彷彿要還以顏色，射出火焰擊中史萊姆。

「啊！火焰不行嗎！」

見到史萊姆ＨＰ減少，梅普露趕緊縮回史萊姆手。

並重新包回身上，冷靜查看房裡是否有可以利用的東西。

這時，她發現這裡像是小孩的房間。

空間相當大，但除了桌椅衣櫥等基本家具外，地上到處都是布偶玩具，印象比較接近兒童房而非魔王房。

「擺了好多禮物喔……不曉得有沒有什麼幫得上忙。」

梅普露看著史萊姆持續熔化飛來的槍劍，喃喃地說。

「啊，火焰攻擊交給我！」

一看到有火射來，她就跳出史萊姆揮手拍掉。

彈開的火焰擊中附近的禮物盒，燃燒起來。

「哇哇！不行不行！」

史萊姆怕火，對需要穿史萊姆的梅普露來說，必須避免會讓場地布滿火焰的狀況。

她徒手拍熄火焰後，總算能鬆一口氣。

接著，她的手碰到禮物盒中沒有起火的東西。

「啊，我的短刀！」

碰到的是她被搶走的裝備。

雙胞胎發現梅普露找回短刀，開口說話：

「啊～怎麼辦～？」

「我們又不要那個～沒關係吧？」

雙胞胎居然說她們不要梅普露的短刀。

「那……【毒龍】！」

既然東西拿回來了，梅普露就趕緊裝上，擊出【毒龍】。

技能正常發動，三頭毒龍襲向雙胞胎。

可是雙胞胎驟然消失，轉移到其他地方漂亮地躲開了毒液奔流。

「「哈哈哈，好弱喔～」」

「唔……那換【全武裝啟動】！」

確定魔王房能用攻擊技能後，梅普露毅然開始掃射。

但子彈和雙胞胎射來的東西相抵銷，無法突破。

「這招我們已經看過嘍～」

「就是啊～」

雙胞胎相視而笑。

儘管有點不爽，梅普露仍冷靜地做出其他選擇。

「話說剩下的裝備大概也在其他禮物盒裡吧，找回來以後再想怎麼打好了。史萊姆先生，先躲到邊邊去喔。」

梅普露將史萊姆擺到房間角落，任槍劍射在背上，一個個打開禮物盒。即使沒有史萊姆幫忙熔化，這點攻擊也傷不了梅普露。

在地面滿是梅普露彈開的劍，斧頭長槍插得滿牆壁的房間裡，梅普露總算找回了所有裝備。

「呼咿……累死人了。終於啊，這樣我好打多了。」

既然找回了裝備，再來就只剩嚴懲這對惡作劇過火的雙胞胎了。

梅普露在找裝備的途中也想到了一個計畫。

「遇到很會跑的對手時……讓他沒地方跑就好了！」

她露出自我風格的奸笑，走向房中央。

「【獻身慈愛】【毒液囊】！」

出現在房中央的天使，馬上就將她閃耀的白翼泡進毒液的團塊裡。

變成一顆紫色球體鎮座於房中央的詭異狀況。

「【獵食者】。」

梅普露在【毒液囊】中得意地這麼說，兩條蛇怪隨之現身。

「史萊姆先生，你也過來喔～」

只能服從梅普露的史萊姆也飄呀飄地過來，與蛇怪一起擊落飛來的物體。

梅普露要靠它們保護還沒長大的【毒液囊】。

「連假莎莉都跑不掉了，不要以為妳們跑得掉喔～」

她的目的是用毒液填滿整個房間。

即使她們能隨意瞬間移動，只要整個房間都是死路就不具意義。

「慢慢來吧？嘿嘿嘿，我可是很會纏鬥的喔！」

梅普露上下左右地操縱史萊姆之餘這麼說。

梅普露的全房皆毒行動開始後，經過了幾個小時。

在【獵食者】和史萊姆的保護下，【毒液囊】健康地成長，長到前所未有的大小。

最後梅普露收回完成任務的【獵食者】，到目前為止可說是都照著她的計畫走。

如同她說自己很會纏鬥，如今毒液幾乎填滿整個房間——可是她卻沒得到期待中的結果。

「該不會毒根本沒效吧……？」

雙胞胎即使全身泡在毒液裡，也持續射出劍、槍和火焰。

梅普露仔細觀察雙胞胎，看不見動作有任何遲緩。

唯一的變化是，她們的攻擊隨著時間經過，轉移到史萊姆上。

不知幸或不幸，史萊姆似乎對毒有免疫力，至今依然健在，仍在她操控之下。

由於雙胞胎遭史萊姆破壞的武器實在太多，所以成了攻擊目標。

她們的攻擊遭到填滿房間的【毒液囊】吸收，碰不到史萊姆。

且對於HP增加到極限的【毒液囊】，她們的攻擊根本不痛不癢。

梅普露又像以前一樣，遭遇死不了又打不倒對方的狀況。

「嗯～怎麼辦咧……攻擊會被她們躲開……貼著打會中嗎？」

只好死馬當活馬醫了。梅普露撥開毒液，往斜上前進。

現在整個房間都是毒液，讓她能在空中游動。

「首先……先想辦法讓她跑不掉！」

梅普露從道具欄取出幾張符紙，隨意灑在毒海裡。

「不曉得除靈符紙能不能妨礙她們瞬移……感覺不太行耶～」

她繼續設置大量不要的道具當障礙物，最後將史萊姆延展到極限，層層包覆雙胞胎周圍的空間。

「好了！那我不好意思嘍～」

梅普露操作史萊姆，開個洞走進去。

然後探出短刀，停在其中一人的腹部邊。

「要中喔！【毒龍】！」

梅普露祈禱著射出的毒液奔流，在毒液堆到近乎極限的房間裡瘋狂爆衝。

當然，她四周也被漩渦攪得亂七八糟。

梅普露用有點暈的眼查看攻擊結果。

「被閃掉了？人咧……啊！找、到了？」

她所看見的雙胞胎，竟刺在勉強存活的史萊姆壁上。灑下的道具嵌在她們身上，完全靜止不動。

「嗯、嗯……？」

梅普露也自然而然地感覺到，現在發生的是異常狀況，不是抓到她們的正常方式。

「沒、沒問題嗎？」

梅普露擔心地伸手戳戳雙胞胎的腳丫後，她們突然開始說話：

「啊～被抓到了～」

「被抓到了耶～」

「「那遊戲就到此結束。」」

光芒凝聚於雙胞胎周圍，愈來愈亮。

「「下次再玩喔～」」

她們這麼說之後就消失不見了。

梅普露只能表情尷尬地看著這一幕。

「啊！對喔，都沒發現她們沒血條……根本就打不死嘛。」

也就是和過去活動中所遭遇的大蝸牛一樣，非得用攻擊以外的方式擊敗這對雙胞胎不可。

梅普露被陷阱整了半天，滿腦子都是報仇念頭而漏了這一點。

「可是……」

前往掉落在兩人消失位置的寶箱前，她得先回到地面。

梅普露解除【毒液囊】後，一大堆道具和低等材料嘩啦啦地掉下來。

「該不會這樣打敗她們……是不對的吧？……那、那我要趕快撤退！」

梅普露將材料和道具留在原地，沒查看寶箱內容就整個塞進道具欄裡落荒而逃。

◆□◆□◆□◆□◆

過了幾天。

在一切的幕後，遊戲管理員開始忙著修正這個問題。

「梅普露嗎！像ＢＵＧ一樣的人無所謂，ＢＵＧ本身就不能放過！」

「跑到史萊姆裡面……？」

「基本上就是史萊姆的錯！為什麼把那種東西放進隨機陷阱啊！」

「就算沒有攻擊判定，穿不過去的話雙胞胎會卡進去啦。」

「沒有那個的話，毒液囊早就打掉了……」

「冷靜點，先調整幽靈雙胞胎的瞬移方式……史萊姆不需要改，以『陷阱』而言並沒有問題，而且也只有梅普露能做到那種事。」

「話說這次，又被她拿一個好東西走了耶。」

好東西是指梅普露獲得的裝備。管理員知道什麼東西落到了她手上。

「還好啦，現在拿去也不會怎樣。」

「……不是吧，事情大條了。」

這句話讓人忽然鎮靜下來，檢視現況。

「……就是啊。」

冷靜審視後能發現，原本就很危險的事情添加了可以亂搞的要素之後會如何演變，簡直比打著探照燈還要明顯。既然是添加，就沒有弱化的可能。

「胃好痛……」

「不要緊張！她的火力沒有提升……沒有直接提升……」

「那間接的呢……？」

「有。」

「你是故意裝傻的吧。不過其他玩家的戰力也會提升，ＢＵＧ修好的話還過得去。再來就是檢查那會不會跑出奇怪的化學變化就好了……祈禱吧。」

「知道了。我們就先把梅普露擺一邊，然後放史萊姆的時候都要小心考慮後果。」

「是啊。」

管理員們的對話此起彼落。

後來伺服器短暫關機維修，公告上說修正了地城內關於史萊姆的設定，以及部分魔王可能會被怪物等物體堵死而無法行動等問題。然而大多玩家根本想像不到，在不會出現其他怪物的魔王房裡到底要怎麼做才會發生那種事。

時間稍微倒轉，逃離洋樓的梅普露一邊走遠一邊不時回頭看。

「結果沒拿到想要的技能……」

梅普露想找的是蜜伊說的【鋼鐵身軀】和【沉重身軀】，但沒能在洋樓裡找到。

「不過還是有戰利品就是了……呃，是哪個啊……啊，這個！」

她查看道具欄，拿出得自洋樓的東西。

打開整個帶回來的寶箱一看，原來是雙胞胎其中一人所穿的綠色洋裝。

「『幽靈少女的洋裝』？唔，是裝備啊。啊，有附技能耶。」

梅普露發現洋裝附帶技能，跟著查看。

「幽靈少女的洋裝」

【ＭＰ＋30】

【靈騷】

耗費10ＭＰ，來操縱魔法或部分物體。

最多可同時操縱十項物體。
效果持續五分鐘。
僅限自身持有物。

「我MP很低，應該不太能用吧。不過這件衣服不錯喔！」
梅普露變更裝備，穿上「幽靈少女的洋裝」。
裙襬搖搖，梅普露的裝備完全變成有荷葉滾邊和蝴蝶結的綠色洋裝。
見到這造型，她叫出糖漿抱到臉旁邊。
「嘿嘿嘿，我們顏色一樣喔～」
梅普露笑瞇瞇地對糖漿說。
儘管能力和她不太搭，她還是很喜歡這件裝備。
「私心一下沒關係吧！」
梅普露決定留給自己用，而不是給莎莉。
「嗯……盾牌拔掉，然後……找到了！」
她也卸除「拯救之手」，換上小小的銀冠。
這是上次活動和培因在叢林合作時打到的裝備，有提升MP恢復速度10%的效果。
「這樣有更好嗎？再想想穿這樣怎麼打，就能用跟糖漿同色的裝備戰鬥了！」

梅普露就地開始思考穿這件裝備可以怎麼戰鬥。

幾乎卸下所有裝備，外觀變成普通少女的梅普露防禦力依然是全玩家之冠。即使攻擊手段改變了，除此之外仍與平時的梅普露沒有任何不同。

「嗯……要跟糖漿一起打的話……嗯……嗯……」

梅普露為如何戰鬥思考了片刻，終於想起這次獲得的裝備上有技能【靈騷】。

「啊，這可以操縱【毒龍】嗎？」

於是試著擊出【毒龍】再使用【靈騷】，毒液奔流便在蒼白光芒包覆下凌空乍止。

「喔～！呃，要讓它動的話是……這樣？」

梅普露手往下一揮，毒龍猛一加速，砸上地面再彈開。

「哇！」

嚇得她立刻往後跳一點點。

「要練到運用自如也不容易耶……」

想想之後，她放棄使用次數不多的【毒龍】，啟動各種武器來嘗試。

「就拿這來練習吧。」

練習的結果是目前只能同時操縱兩項物體。技能內容雖說最多可同時操縱十項，但距離梅普露完美熟練還有很長的路要走。

「配合手勢來做就簡單多了……嗯～感覺有空就要多多練習才行呢。」

梅普露坐在巨大化的糖漿上又開始練習。遙控技能變多，需要注意的地方也跟著多了，習慣現狀是當務之急。

操縱一顆子彈雖能擊中遠遠看見的怪物，可是耗時又費工才打那一點點傷害，根本不划算。

梅普露喝著ＭＰ藥水到處試誤找改善方法，練習她的新技能。

儘管梅普露是在偏僻的野外練習，但那並不表示完全不會有玩家經過。

沒錯，克羅姆和霞正好來到了這個區域。

目前莎莉和結衣麻衣不在第六階地區，能一起活動的成員有限。

「嗯，那是梅普露吧。」

霞稍微瞇著眼說。

「呃，是啊。有糖漿在，背上又長砲管，一定沒錯。」

有這種特徵的玩家，ＮＷＯ沒有第二個了。

克羅姆和霞正想過去打招呼時，卻遠遠看見梅普露背上的砲管往天空射出兩道蒼白光束。

這種事他們看過很多遍了，但是這次光束沒有消失，竟停在原處。

不久，梅普露舞劍似的將光束揮來揮去。

「「…………」」

兩人停下剛想踏出的腳，四目相視。

「我去問問看。妳也要來嗎？」

「好啊，就去吧。這次會跑出什麼呢。」

兩人露出看破的表情，為即將聽見的消息繃緊神經走向梅普露。

◆□◆□◆□◆□◆

梅普露也注意到克羅姆和霞接近，停止操縱光束，對他們揮手。

「梅普露，妳又找到沒看過的裝備了耶。」

克羅姆來到她身邊開口說。

「就是啊！看起來怎麼樣！」

梅普露在糖漿背上站起，原地轉一圈。

並不等人問就開心地說起這樣就和糖漿一樣顏色、找到技能的使用方法等。

「妳說的技能……就是那個嗎？」

霞指著伸向天空的兩條光束問。

「對呀！有點難控制，不過這樣……哇！」

梅普露有點得意地想說明技能時，兩條光束都咻地一聲往天空解放了。技能發動至今過了五分鐘，所以失去控制。

「啊……要記好時間才行。」

「沒、沒關係，很高興妳又變強了。」

「不過妳裝備要怎麼換？已經有兩套常用裝備了吧？」

聽霞這麼問，梅普露已經想到解決方法般笑嘻嘻地說：

「糖漿，你等一下喔。」

梅普露跳下糖漿，沙沙沙地走遠。

霞想問她要做什麼時，梅普露背上武器的量突然暴增一倍。

那是她至今看過好幾次，梅普露要強行飛上天空前的動作。

緊接著，梅普露只留下一團爆炎，消失在空中。在爆炎與煙塵的遮擋下，兩人完全看不見炸得高高的梅普露在做什麼。

「喂，現在怎麼辦？」

「呃，你問我我問誰……」

克羅姆和霞面面相覷時，又是一陣爆炸聲和塵土飛揚。

「啥……！」

「喔喔……？」

在滾滾沙塵中緩緩站起的梅普露，身上已是平時的黑色裝備。

梅普露的想法是既然在地面無暇換裝，就乾脆暫時躲到能換的地方去。

目前可說是沒有人打得倒飛到遙遠高空的梅普露。即使需要暫時卸除所有裝備，只要不受攻擊就沒事了。

梅普露撥去塵埃，展示成功般點點頭。

「這樣應該就能在戰鬥中用了！」

「是啊，我也這麼覺得。」

「我也是。」

「再來……也要給莎莉看一下！」

當然，那不僅是因為這將成為今後戰術的一部分，也是為了讓莎莉看看新裝備。

梅普露就此將糖漿收回戒指，告別克羅姆和霞，前往第五階。

看著梅普露的背影離去，霞喃喃地說：

「也好。只要她還是同伴，沒有比她更可靠的了。」

「是啊。反正，光束砲的威力也沒有說強到哪裡去，跟【毒龍】比起來……喔不，可以用五分鐘的話，是光束砲比較強吧。」

兩人以梅普露介紹的新技能為題想了很多，最後結論落在梅普露的遠程技能本來就全都危險到極點，不管控制哪個對敵人來說都是地獄。

梅普露來到第五階，對莎莉傳訊後很快就收到回應。

「喔～在公會基地啊！收到！」

她踏著輕快腳步前往基地。開了門，莎莉用略顯訝異的表情迎接她。

「梅普露，原來妳是要給我看這個啊。」

不久，莎莉想到了梅普露突然來找她的原因。

「答～對了！怎麼樣，好看嗎？」

「不錯喔。妳在遊戲裡都是穿鎧甲……感覺滿新鮮的。還帶了一頂小頭冠，這是哪裡的公主呀？」

「哈哈哈，我應該沒辦法當公主啦～」

「嗯～也對。一定會是把大臣逼瘋的那種。」

「咦～？是嗎？」

兩人就這麼天馬行空地亂聊，最後梅普露才想到裝備能力的事，往這裡聊。

「啊，話說這個裝備在戰鬥中也能用喔。」

聽了她的說明，莎莉頗有共鳴地點頭。

「真的是好裝備，其實我還是應該去第六階打點寶才對吧……」

「咦？」

前不久的記憶鮮明復甦。

讓梅普露半沉著眼瞪著莎莉看。

「不是啦，那個，說不定會有不恐怖的地方嘛……呃，嗯……」

莎莉不敢直視梅普露，支吾其詞。但話雖如此，她也能想到最後事情會變什麼樣，便放棄強自己所難了。

「其實全力去打第七階就補回來了吧。」

「就是說啊～我也想跟莎莉一起玩！真的等不及第七階了呢。」

還要再等一段日子，兩人才能結伴探索。

接下來，時間在兩人聊各自在第五、六階的見聞中過去。

第九章　防禦特化與第七次活動

探索充滿陷阱的洋樓後又過了幾天，梅普露仍然沒找到她原本想要的【鋼鐵身軀】與【沉重身軀】。

她坐在【公會基地】的椅子上，晃著腳想這件事。

「唔……到底在哪咧？應該是真的有才對，會不會有限時啊？」

梅普露嗯嗯思考時，收訊聲打斷了她的思緒。

「嗯～啊，下次活動要來了。呃……這次是攻略地城型的啊。」

梅普露繼續閱讀資訊。

玩家要在這次活動裡攻略總共十層的塔，銀幣數量將隨所選難度增減。

時間沒有加速，還能直接傳送到過去到達的樓層，所以不需要一次打完，可以在這次較長的活動期間內花時間攻克這座塔。

「大家一起去打最難的嗎？嗯～一個人打獎品會比較多耶。」

在最高難度，組隊過關的獎勵是一人五枚銀幣，若獨自過關則是十枚。

「這次不會跟其他玩家戰鬥啊……很好很好。」

這樣就能放輕鬆探險了。梅普露自個兒嗯嗯點頭。

這次活動將在四月初開始。

看完說明，梅普露忽然想到一件事。

「是喔……已經過一年啦～我還滿難得玩一個遊戲玩這麼久耶？」

這一路來的種種，全都是愉快的回憶。例如光是想到就會笑的事，或是屈指可數，但也因此記憶深刻的苦戰。

回顧這樣的過去，讓探索的熱情又逐漸回到梅普露心中。

「嗯，好～！在下一次活動前趕快把技能蒐集起來！」

梅普露心念一轉，跳下椅子往第六階城鎮出發。

雖然梅普露勢在必得地踏出公會，狀況並沒有因此改變。

她一樣不知道想找的技能在哪裡。

「怎麼辦……對了！好久沒看公布欄，去找情報吧！」

梅普露想到妙計似的這麼說，往城鎮中央走去。

鑽過人群查看公布欄後，很輕易就找到那兩個技能的資訊。之前煩惱那麼多，感覺蠢得可以。

「原來如此原來如此，最近才知道詳細資料啊！呃……」

梅普露將資訊看過一遍。

看完的同時，臉色沉了下來。

首先，【鋼鐵身軀】和【沉重身軀】都是除了【VIT】以外，取得條件或使用上與【MP】或【STR】有關的技能。

【鋼鐵身軀】

所受火、雷屬性傷害增為兩倍。魔法以外傷害降低30%。

消耗50MP，效果持續兩分鐘。

每五分鐘能使用一次。

需要MP50，【VIT】80才能取得。

【沉重身軀】

免疫擊退效果。

若【STR】低於【VIT】則不可移動。
消耗10MP，效果持續一分鐘。
每三分鐘能使用一次。

現在的梅普露無法取得前者，而且效果不彰。
對她來說，不值得用MP去減損幾乎不會受的傷害。
後者的問題單純是出在一分鐘無法移動上。
「取得地點在……找到了！總之先抄起來，好。嗯～好像學還是能學？可是……」
要拿就是拿【沉重身軀】，但梅普露並不覺得有必要性。
梅普露離開公布欄前，走在大道上思考該怎麼處理技能。
「反正拿了也不會少塊肉……而且我都花時間調查了！就先把【沉重身軀】拿起來吧！再來……」
她對【大楓樹】的幾個成員傳送訊息，然後就到野外去拿【沉重身軀】。
獲得確切資訊的梅普露，不可能會被技能所在地的怪物打倒。
一段時間後，她果真順利取得了技能。

後來，時光在梅普露練經驗值與破壞黑鎧甲之中流逝。

◆□◆□◆□◆□◆

梅普露今天也照常登入，活力充沛地打開【公會基地】的門。

她進入的是第五階基地。

並見到莎莉就在裡頭。

「啊，梅普露呀。活動是今天開始嘛，妳要怎麼打？單打還是八個一起去？」

梅普露背後沒人，所以莎莉認為她想單打。

「不是單打也不是八個一起去喔！」

「……？」

「這次我要跟妳一起打！」

梅普露事先向公會成員們傳了訊息。

內容是她想和莎莉兩個一起打，希望大家成全。

而【大楓樹】裡也沒人會反對她們倆自己組隊探索。

「我們好久沒兩個人自己打了，好嘛？」

梅普露的話讓莎莉有點意想不到，但很快就露出開心的笑容。

「好哇！那目標呢……」

「當然是無傷！」

「我一直有在第五階練習閃怪，沒有退步喔。」

「我也做好保護妳的完美準備了！」

那麼打鐵趁熱，兩人馬上前往為活動設置的高塔。

腳步比平時更加輕盈。

第十章　防禦特化與高塔第一層

梅普露與莎莉來到設置於城鎮廣場的魔法陣前。

這魔法陣能將她們傳送到活動用的高塔。

「選最難的可以吧？」

「那當然！我幹勁十足喔！」

梅普露渾身是勁地這麼說，莎莉也有點興奮地移動腳步。

「呵呵，那就來這邊！我們趕快把第一層打掉吧？」

「嗯，沒問題！」

梅普露雀躍地回答表情充滿自信的莎莉。

兩人就這麼踏上通往最難高塔的魔法陣，在白光中消失了。

當光輝退去，兩人眼前多出一座沖天高塔。

塔頂藏在雲裡看不見，且每一層都相當地大。

「好像會花很多時間耶。」

「真的。如果裡面跟外觀一樣，搞不好有一般野外的四分之一那麼大……大概吧？不過中間可能會有傳點喔。」

「喔～！好像很有得玩耶！」

「嗯，對呀！以破關為目標，加油！」

兩人直線前進，推開高大門扉進入塔中。

門後是可容納四人並列通行的通道，在看得見的範圍裡就有好幾處岔路。

另外，天花板約有四公尺高。

「總之……」

「嗯，像迷宮的感覺。小心轉角遇到怪。」

「呃，那我【獻身慈愛】！」

梅普露姑且發動【獻身慈愛】保平安，免得莎莉有個萬一。

黑色裝備背上張開白色翅膀。

當準備就緒，兩人開始在地城邁進。

「對了，梅普露，妳不裝那個加兩塊盾牌的技能嗎？」

「那個我還沒練好啦～還要再練一段時間，才有辦法同時做兩件事吧。而且，妳也不太喜歡那個吧？」

「唔……是啦，有一點。一點點而已喔？」

先不論莎莉的喜好，梅普露主要是因為現在【靈騷】等需要練習操縱的技能變多，才決定暫時擱置【拯救之手】。

若真有必要，屆時換裝來用就行了。

梅普露不會有沒時間換裝的狀況。

「不曉得我能不能習慣……啊！梅普露，那邊！」

在莎莉希望自己至少能直視【拯救之手】時，忽然注意到一個小小的異狀。

「咦？啊……」

注意力被對話分散的梅普露，一腳踏穿了那塊顏色略有不同的地面。

地板打開一個大洞，梅普露直接掉下去。

莎莉則是及時向牆壁射出絲線，停在原處。

「梅普露——！還好嗎——？」

「我沒事——！只是毒水池而已——！」

黑漆漆的洞裡傳來梅普露活力不減的聲音。

一會兒後，梅普露夾在白手抓住的兩面盾中間飄上來。

「哼哼～只要有裝備，我才不怕坑洞咧～」

「……沒事就好。總、總之，走路要小心一點喔。」

莎莉瞇眼轉頭不看【拯救之手】，並叮嚀梅普露。

「……對了！【長毛】！」

梅普露忽然有個想法，當場變成一顆接著腦袋，天使翅膀從中間穿出來的毛球。

「梅普露？」

「這樣就不用擔心陷阱，妳也不會怕了，一石二鳥喔！之前我也是這樣探索呢～」

她就此飄到莎莉身邊，讓莎莉也鑽進毛球裡。

「出發～！」

「喔、喔……？……還能這樣探索地城嗎……？」

梅普露將莎莉的疑惑擺一邊，飄呀飄地飛過通道。

「嗯？梅普露，有怪物！」

從轉角輕盈地飛出來的，是一身紅色羽毛，展翅約一公尺寬的鳥。

「呵呵，想從哪裡攻過來都可以！【全武裝啟動】！【開始攻擊】！」

毛球伸出黑柱，建構成槍管砲管。

但在梅普露得意地開始攻擊時，以為會擊中紅鳥的攻擊全都穿過牠的身體，鳥還當場變成一團火球直接撞過來。

「梅普露！」

「啊！呃，不、不要這樣——！」

飄浮毛球沒有機動力，鳥從中穿過，毛一下子全部燒光。

雖然【獻身慈愛】讓莎莉沒有受傷，但已經不能躲在毛球裡了。

「唔……」

「開打了！掩護我！」

「OK～！那麼，【嘲諷】！」

梅普露跳下飄浮的盾牌使用技能，吸引火鳥的注意。

為保留【暴食】，她直接以身體承受衝撞，莎莉趁機從旁用水魔法攻擊。

這一擊在火鳥身上打出紮實的紅色傷害特效，鳥身上的火焰瞬間變小，變回普通的紅鳥。

「我就知道水會有用！」

莎莉順勢以雙手匕首斬擊，再添傷害。

「梅普露！」

並對梅普露打信號。

「報仇的……【毒龍】！」

紫色奔流淹沒紅鳥，將其沖飛。

且【蠱毒咒法】的即死效果發動，鳥不留一點痕跡地消失了。

兩人結束戰鬥後喘一口氣。

「我先把【拯救之手】拆下來……呼。」

「嗯～辛苦啦。雖然是有點特殊的小怪，可以順利打就好。」

「可是我已經不能【長毛】了……」

「也就是不能再用這一招了吧？多少要練一下怎麼分辨陷阱才行喔。」

「唔～是沒錯啦，那我就試試看吧？」

就這樣，兩人在梅普露不時摔坑當中順利地往深處走。

在左拐右彎的通道裡經過幾次戰鬥後，她們也體會到了所謂最高難度怪物的水準。

「滿難搞的耶。」

「就是啊，每個都好強喔……」

若只是傷害高，對她們還不是問題。問題是怪物一下物理攻擊無效一下魔法無效，或是滿足一定條件才能打倒，全都不是省油的燈。

甚至讓莎莉的【劍舞】效果，在對付會在牆上快速飛竄的怪物時就已經升到極限。

既然這是梅普露這樣的頂尖玩家會選的難度，官方當然會祭出相應的敵人。

兩人面前又出現新怪物，造型像是人形的雲。

「莎莉！又有怪來了！」

「感覺像第五階的怪嘛，小心一點！」

梅普露在使用【獻身慈愛】的狀態下，舉起塔盾走到莎莉之前。

莎莉在她背後等待衝出去的時機。

雲怪也注意到她們，進入戰鬥狀態。

霎時寂靜後，怪物身體發出綠光，只見幾乎要填滿通道的風刃鋪天蓋地射了過來。

「梅普露！」

「嗯！」

梅普露放下盾，保留只剩七次的【暴食】。

最先到達的風刃擊中她的身體。

「哇！」

雖然沒有造成傷害，卻將她擊飛了一大段。

「【水牆術】！」

莎莉見狀立刻設下水牆爭取時間，奔向遭擊退的梅普露。

梅普露飛走，莎莉便會脫離【獻身慈愛】的範圍。

即使是莎莉，也躲不過無處可躲的攻擊。

「梅普露，【沉重身軀】！」

「啊，對喔！【沉重身軀】！」

經莎莉提醒，梅普露才想起有這招，急忙使用。

技能效果讓她停在原地再也不能移動，但也不會再遭到擊退。莎莉加快速度跑到她身邊。

「……那好，【天王寶座】！」

「運氣不好，在窄路遇上這種東西。總之現在先想想怎麼處理擊退吧。」

「嗯～這樣沒辦法靠近耶？」

白色寶座隨之出現。

當免疫擊退的效果結束時，飛起來的梅普露碰一聲撞上寶座坐下。

「這樣就不用怕擊退了！」

被莎莉所受的風刃擊退之餘，梅普露笑著說。

「再來就是想辦法處理元凶了。梅普露，打他一下試試看？」

「嗯，好的！【砲管啟動】！」

梅普露雙肩伸出黑柱，兩口大砲門對準目標。

緊接著擊出白色光束，轟散幾個風刃衝向雲怪，不過光束卻遭到雲怪張設的風牆抵擋而消散了。

「嗯，ＯＫ。風牆只有正面有。」

「可是我沒辦法喔？」

「妳趁我引開他注意的時候打他。」

莎莉收起兩把匕首，往牆壁吐絲作準備。

「攻擊妳躲得掉吧？」

「那當然。畢竟都知道風刃可以打掉了嘛。」

梅普露和莎莉開始討論各自行動。

討論結束後，莎莉吐絲上牆，愈爬愈高。

「【冰柱】！【火球術】！朧，【火柱】！」

「【開始攻擊】！」

莎莉在路上造出幾個踏點，靈巧穿過擊落風刃而造成的縫隙接近怪物。

梅普露也射出光束，擊落風刃支援莎莉。

雖然一開始有點驚慌，但是在兩人穩固的合作攻擊下，並不是打不倒的對手。

莎莉飛簷走壁地跳到怪物背後，拖曳藍色靈光斬向怪物。

即使遭風牆阻隔，莎莉仍照砍不誤。

「【冰柱】！【右手：吐絲】【步入黃泉】！」

就在怪物重心轉向莎莉，射出風刃的那一刻。

莎莉往冰柱吐絲，用梅普露送她那雙鞋的技能在空中製造踏點遠離。

「真是的，再怎麼樣都不能轉過來啦。」

話聲一斷，通道響起爆炸聲，爆炎湧動。

梅普露撞穿煙塵飛過來，瞬時貼上怪物。

曾經壓制梅普露的大量風刃與強力屏障，就只能往正面使出而已。

「【開始攻擊】！怎麼樣！」

光束砲零距離開火，能吞噬一切的塔盾也掃了出去，霎時狂削怪物的ＨＰ。

「最後一擊！」

梅普露收回掃出的塔盾再砸一次，怪物便化成光消失了。

「辛苦啦～梅普露！打得好！」

「嗯，也謝謝莎莉！啊，等一下喔。」

梅普露收起寶座和武器，拍拍沾在鎧甲上的灰。

「唔……ＨＰ雖然不高，可是有野外小王的強度耶。這種怪在路上遊蕩……表示難度真的很高？」

「……大家應該也都是這麼想的吧。」

莎莉以難以回答的表情看著梅普露這麼說。

「……？有點聽不太懂耶，哎呀，總之快走吧！又跑來一隻就麻煩了！」

「嗯，也對。趕快突破第一層吧。」

莎莉一路搜尋陷阱，或悄悄改道躲避躲得過的怪物，帶領梅普露持續探索。

打倒怪物繼續前進，前進了又打怪。

梅普露和莎莉就這麼來到魔王房。

儘管沒受過傷，【暴食】已在反覆戰鬥下耗盡了。

「一樓大概就是這樣吧，沒看到會穿透攻擊的。」

「這真是太好了～二樓也沒有就更好了……」

對梅普露而言，穿透攻擊的有無將大幅影響難度。

她防禦力雖高，ＨＰ卻很低，說什麼也不能持續承受穿透攻擊。

「嗯，那就趕快打倒魔王，到二樓去吧。」

「嗯。我們打很久了，到二樓就下線可以嗎？」

「好哇，就這麼辦。」

如此決定後，兩人開門進入魔王房。

房裡是崎嶇的岩壁，龜裂的地面。

地上有一池池的流沙，能放心走的區域很有限。

「……莎莉。」

「嗯，大概會從下面來。」

就在莎莉這麼說時，地面捲起一陣狂沙，身披沙色鱗片的龍從地底現身。

赤紅的雙眼緊盯她們倆，巨大咆哮響徹房間。

「梅普露！」

「【開始攻擊】！」

兩人之間已經不用掩護我之類的指令，梅普露在莎莉起腳的同時開始射擊。

有望造成大量傷害的砲彈與光束射向了龍。

然而龍見狀又咆哮一聲，身體表面頓時布滿透明結晶，將所有攻擊都彈開了。

「……！【超加速】！」

莎莉加速並以匕首彈開跳向她的砲彈，流水般閃過光束，返回梅普露的【獻身慈愛】範圍中。

「莎莉，對不起！」

「不用啦，沒關係。梅普露，我們看一下狀況。」

「嗯，知道了。」

梅普露站在莎莉身前，用塔盾與【獻身慈愛】滴水不漏地保衛莎莉。

由於梅普露的【獻身慈愛】無法完整抵擋大範圍的穿透攻擊，非要好好舉盾不可。

在兩人注視下，龍忽然鑽進沙裡去。

「小心下面，梅普露！」

「那就，【砲管啟動】！」

鏗鏗鏘鏘，梅普露身上立時長出一大堆武器，然後緊緊抱住莎莉就把自己炸向房頂，只留下爆煙。

龍果然從兩人正下方竄出來攻擊，但沒搆到飛到快碰到頂的她們。揚起的沙石嘩啦啦地散落一地。

「動作還是一樣豪邁……不過正好！」

「我要直接飛走嘍！」

梅普露的自爆飛行就只是用暴風炸飛自己，基本上很難順利著地。

她將莎莉往上舉，自己由背墜落。撞得因自爆而損壞的武器散得乒乒乓乓。

「要怎麼攻呢……嗯？」

莎莉發現地上有黑色石頭，那是龍掀起沙塵時翻出來的東西。

她試著整理思緒時，梅普露大叫：

「莎莉！有東西要來了！【抵禦穿透】！」

龍嘴噴吐沙洪，掩覆了梅普露的聲音。

龍息的強力擊退效果將躲在盾後的兩人擊飛，跌個四腳朝天。

幸虧梅普露機警地發動【抵禦穿透】，消除了龍息的穿透效果，她才承受得住。

「對不起，我疏忽了！」

「沒事！」

龍的咆哮打斷她們的聲音。

同時，地上的黑石響亮地爆炸了。

「梅普露！那個！好像可以用那種石頭打！」

「……？」

「趁他噴龍息的時候丟到嘴巴裡！既然他能反彈外來的攻擊，弱點多半在體內！」

「是嗎？知道了！」

讓龍囂張了那麼久，兩人終於要開始反擊而熱血沸騰。

等待龍再次灑出黑石的那一刻展開行動。

「我來吸引注意，梅普露，石頭拜託妳了！」

「收到！」

莎莉離開【獻身慈愛】範圍，向龍攻去。

即使遭到彈開也吸引到了注意，龍以爪子和尾巴反擊。

可是如此大動作的攻擊，不可能擊中能在空中移動的莎莉。

「ＯＫ……龍息要來嘍！」

莎莉對在後面蒐集石頭的梅普露喊。

然而事情沒那麼簡單，龍息路線變成橫掃了。

「呼！」

只要徹底集中精神就沒問題，莎莉凌空奔竄，躲避改為橫掃的龍息。

並在黃沙奔流與震耳巨響消失時轉頭查看梅普露的狀況，發現她已飛到身邊。

「咦？」

梅普露將好幾個黑石架在武器之間搬送過來，轟散大片煙塵，然後——

她直接衝進依然大張的龍嘴裡。

「呵呵呵……這次換我們攻擊了！【全武裝啟動】！」

扔進龍嘴裡的黑石接連爆炸，所幸傷不了她。龍想就此咬碎梅普露，但她的硬度遠不是岩石能比。即使武器受到損傷，龍牙仍削不了梅普露本人的ＨＰ。

「【毒龍】！【開始攻擊】！」

梅普露再繼續啟動武器撐開龍嘴，將身上所有槍砲光束和劇毒一口氣灌下去。
無論再怎麼死命掙扎，龍就是吐不掉梅普露。
即使兵器爆炸再多次，梅普露也不會因為爆炸而消失。
龍的血條就這麼眼看著節節下降。
「嗯嗯嗯！不要亂動！……哇！」
龍想帶著梅普露一起鑽進地下，可是頭才剛插進沙裡，身體就被啟動【暴虐】而化為怪物的梅普露貫穿了。

一切發生得實在太快。
龍化為沙塵，沙沙沙地消失。

莎莉跑到龍所在的流沙邊尋找梅普露。
與在流沙中心露出一顆頭，注視著她的梅普露對上眼睛。
「……拉妳出來吧？」
「拜託～！」
莎莉在第一層的最後一項工作，是把梅普露救出沙坑。

◆□◆□◆□◆□◆

在活動中，遊戲管理員不僅要控管一般場地，還要控管活動場地。

房間裡滿是噠噠噠的擊鍵聲。

「最高難度還能打得這麼順喔……」

一名男子看著螢幕低語。

螢幕顯示著目前有人攻略的樓層與其人數，攻略最高難度的玩家中，進度最快的已經攻到第三層。

「就是說啊。但其實裡面的王都滿難打的，還要一陣子才會破關吧。」

另一名男子認為現在順利的人也可能在其他樓層遭遇瓶頸，一邊作業一邊說。

「不過呢，再稍微提升一下整體難度可能比較好……次難度的整體攻略速度也有點快。」

每座塔的攻略速度都超乎管理員的想像。能打最高難度的玩家先選擇挑戰次難度也是原因之一。

「反正才剛開始，先別急。找一間魔王房來看看怎麼樣？」

「那就看最難的吧。有一間正好開戰的樣子。」

「知道了……呃，好，轉過去了嗎？」

「嗯……」

先看螢幕挑畫面的男子閉上眼睛低吟，搖搖頭之後淺淺睜眼。

螢幕上的是黑甲少女與藍衣少女。

也就是梅普露和莎莉。

「這……嗯……好吧，就看吧。」

男子原本想看一般玩家的戰況，可惜天不從人願。

畫面中，莎莉和梅普露正單方面遭受龍的攻擊。

「好硬啊……有夠硬的。也是啦，反正不能放能靠火力殺死她的王。」

「可是那隻龍的龍息有穿透效果耶？」

「預備動作還滿大的，會看的話就防得了吧。」

說著說著，畫面中的兩人遭龍息淹沒。

見到這一幕的男子顯得有些驚訝。

因為莎莉沒有採取迴避。

「是躲不了吧，但也沒受傷就是了。威力應該滿猛的啊……」

「現在不用說這個了啦。是因為莎莉也有來自梅普露的慈愛嗎，這……只是……那……」

男子摀著嘴深思片刻。

當他想通而赫然睜眼時，畫面中的梅普露衝進了龍嘴裡。

「為什麼？」

「呃，炸彈……啊！」

龍嘴湧出劇毒液，迸射光束，且炸出不像是黑石爆炸的痛快爆炸聲。當龍往地底鑽時，有個怪物衝破龍體鑽了出來。

「炸彈……炸……」

「嘴裡……嘴啊……」

「到底是哪裡做錯才會變這樣……」

「讓龍會張嘴吧……大概。」

兩人都覺得，不張嘴的龍其實跟會動的石頭沒什麼兩樣。

但旋即又隱約覺得與龍對戰的其實也跟會動的石頭差不多。

「為什麼丟石頭之前就衝進去了！一定有不衝進去就能打贏的方法吧！」

中肯到極點的問題爆了出來，可是這裡沒人能回答這個問題。

「下一個王不會張嘴，沒問題……不會有這種事……應該……我相信。」

「喂，把這段影片分給其他人看。先從這隻龍的主設計人開始。」

「呃，好啦。」

說悲劇就是要大家一起承擔的男子，就是過去被梅普露大卸八塊的第二階魔王主設計人。

而悲傷是會連鎖的。

「下次不會再這樣了！」

「你每次都這樣說！」

兩人在休息時間離開房間。

被他們叫來看影片的男子五官糾結地失聲哀號。

第十一章　防禦特化與高塔第二層

兩人攻破第一層後，隔天續戰第二層。

每完成一層，就能直接在下一層的起點開始。

踏入第二層，映入兩人眼中的是兩旁牆壁排滿書的通道。

高高的書架直達天花板，通道與第一層同寬。

「是圖書館嗎？」

「有這種感覺。嗯～好像會有很多魔法攻擊。」

「寬度還是這樣的話，又不能騎糖漿了……」

如梅普露所言，在室內大多無法騎糖漿移動。

飛行可以避開很多危險，但這次活動不能這麼做。

「就乖乖用走的吧？」

「好～也對啦，比較花時間就是了。」

時間寶貴，兩人隨即啟程。

在左右都是書的通道走了一小段，來到一個十字路口，每條路都是同樣景色。

「梅普露，走哪邊？」

「……左邊？」

「那就左邊。」

兩人便在十字路口向左轉。

突然有本書跳出書架，往她們飛去。

「……！嘿咻！」

莎莉迅速反應，扭身閃開飛來的書，順勢揮刀反擊。

書型怪物迸出紅色傷害特效，但活動力沒有因此削減。

它翻開書頁，露出邊緣原本不該有的尖牙。

並直接咬住梅普露的臉。

「哇！喂……呃，莎莉！我看不見了啦！幫、幫我拔掉！」

梅普露用力甩頭，但怪物緊咬著不肯鬆口。

「等一下喔。【二連斬】！」

莎莉使出快速連擊，打在滿是破綻的怪物上。

書怪的ＨＰ似乎設得很低，很快就死掉，化成光消失不見。

「嚇我一跳……不過這種地方的怪就該是這種感覺呢。」

「就是啊。可是這麼一來，就不曉得會從哪裡打過來了。」

儘管莎莉不會因此就躲不過，她仍小心翼翼地警戒周圍。

然而那種怪物似乎是要經過固定地點才會出現，目前沒有怪物的動靜。

「要放【獻身慈愛】嗎？」

「嗯，麻煩了。風魔法大多是範圍攻擊。」

於是梅普露發動【獻身慈愛】，喝藥水補滿ＨＰ。

兩人繼續在排滿了書的書架之間前進。

「剛才那本書不怎麼樣嘛。」

「不曉得耶，說不定攻擊力很高……大概吧。」

即使有一定水準的攻擊力，打在梅普露身上旁人一樣是看不出來有多強。

無論是一還是一千，在梅普露面前都一樣。

「看到奇怪的書就會想到小奏耶。」

「……這一層的魔王說不定就是那種感覺喔，攻擊花樣可能很多。」

「這樣啊～會不會有寫攻略情報什麼的啊？這麼多書。」

梅普露往左側書架伸手，想抽本書來看。但書似乎固定住了，動也不動。

「不行啊～真可惜。」

「不過搞不好真的會有喔。我們沒走遍一樓就找到魔王房了，可能只是沒發現而

已。我們就多注意看看有沒有這種東西吧。」

「好哇！」

梅普露活潑回答時，又有個書怪飛出來。

它飄到天花板附近，突然劈下雷電。

電流在一片不小的區域奔竄，劈哩啪啦地照亮通道。

「怎麼辦啊，莎莉？射掉？」

「嗯，太亮了。」

兩人鎮定地如此商量。

梅普露啟動武器，對準砲口。

迸射的光束打散落雷，更燒穿書怪。

無情的攻擊這次也輕易解決了怪獸。

「哼哼哼。既然沒有陷阱，這種沒什麼好怕的啦！」

「靠妳嘍。啊，再來好像是三本一起。」

莎莉見到遠處有三本發光的書飄向她們，轉頭對梅普露這麼說，梅普露也立刻了解自己該做什麼。

「包在我身上～！」

她照樣將砲口指向通道彼端。

想打倒梅普露的怪物，大多得進入她的射程範圍。對於這種小嘍囉而言，面對剛開始探索，還有很多技能能用的梅普露，這負荷實在太重了。

梅普露和莎莉在廣大的圖書館中暢通地前進。

然而圖書館構造如迷宮般複雜，左右兩邊都是相同的景物，很難分辨自己究竟前進了多遠。

梅普露換裝轉換心情，穿上在第六階的洋樓取得的綠色洋裝。

「我們走多深啦？」

「嗯～不曉得耶，走了滿久的了……啊，又來了。」

莎莉又見到陰暗走廊彼端飛來幾本書，提醒梅普露。

不用她多說，梅普露已經舉起武器。

「哼哼～【開始攻擊】【靈騷】！」

梅普露如此擊出的光束隨手臂擺動改變軌道，追著書燒。

畢竟是最高難度的塔，書怪沒有那麼快死，但是總會撞上好幾條光束之一而失去大截ＨＰ。

對梅普露而言，沒有比狹窄的直線通道更有利的地形。

「喔……變靈活了耶……」

「一次動一根就簡單很多喔！妳看，像揮劍一樣！」

梅普露揮揮手給莎莉看。

只會直線飛來的書怪的ＨＰ一截截地掉，最後化成光消失。

「有遠距離攻擊真方便，感覺很神奇就是了……好神奇喔。」

「不過這個攻擊傷害不怎麼強，我也用得不怎麼樣，打不到動作快的怪物啦。」

「這部分呢，只能靠練習彌補啦。這招命中率應該會很高才對。」

「是啊……全都死掉了嗎？」

梅普露瞇眼望向通道彼端。

莎莉也一起看，確定什麼也不剩。

「嗯，完美搞定。」

「好～繼續前進！」

兩人一路痛宰不時出現的書怪，持續深入。

莎莉每遇轉角都會慎重地查看狀況，盡可能避免戰鬥。

「好嘍，梅普露。梅普露？」

「怎麼樣？是不是看起來很聰明？」

莎莉往梅普露看，發現她戴上一副多半是擺在道具欄裡的眼鏡，手上還拿著一本厚厚的書。

只見書架牆多了個空洞。

「……不那樣講就是了吧？」

「唔……是喔？唔～是喔～」

梅普露嘟囔著翻動她抽出來的書。

莎莉也湊過來，看書裡寫什麼。

「全白的？什麼都沒寫耶……」

「我們來幫它寫吧？啊！」

就在梅普露這麼說時，書突然發光，從她手上消失了。

不久，書浮現在它的原位。

「帶不走啊……真可惜。」

「可能是怕被人帶走以後會用在奇怪的地方吧。是吧？」

莎莉盯著梅普露說。

梅普露聽出她的弦外之音，眼睛撇到旁邊。

「哪會啊……呃，就只是偶～爾會發生怪怪的事而已啦。嗯……雖然是故意在找，不過不是故意的喔？」

「是沒錯……吧。嗯，沒錯。」

莎莉回顧梅普露告訴她的種種行動與結果，理解地點點頭。

故意在找，但不是故意。

的確是這樣沒錯。

「不、不說這個了啦！我們趕快前進吧？」

「嗯。目前沒有怪物的動靜，可是接下來變得比較暗一點，要小心喔。」

經過討論，由梅普露提供照明。

因為她可以視情況加裝盾牌或武器，比較合適。

於是梅普露從道具欄取出提燈，照亮通道。

「莎莉，這個光比平常弱耶？」

「……是這個地方的效果嗎，不曉得……那就【火球術】！」

莎莉使用魔法，見到飛過通道的火球比平時還小。

「感覺是有部分魔法或技能在這裡會減弱，針對光或火屬性嗎？梅普露妳……攻擊方面沒問題吧？」

莎莉回想著梅普露的技能說。

梅普露的技能大致能分為光與暗兩種，而且從名稱來看，擔綱攻擊的技能都不怎麼光明。

「話說回來……【獻身慈愛】好像沒變耶，為什麼啊？」

梅普露從進入第二層就使用至今的【獻身慈愛】外觀並無變化。

「再多走一段說不定就會變了。小心一點防禦，不要被打到。」

「沒問題吧？」

「那當然。所以呢，要用盾牌幫我擋好範圍攻擊喔。」

「看我的！」

兩人盡可能降低風險，加倍謹慎地走進陰暗的通道。

陰暗通道裡，是以莎莉在前，梅普露在後的形式前進。

「目前什麼也沒有……」

「莎、莎莉！」

「梅普露？」

梅普露突然大叫，使得莎莉倉皇回頭。

後面，幾條手形黑影從地面伸出來，抓住了梅普露的腳和武器，使她無法移動。

「還好嗎？」

「唔……好像只是不能動？哇！」

「呃！對不起！」

在梅普露說話時，幾本長牙的書怪飛過來，咬得她全身都是。

莎莉及時跳開，遭束縛的梅普露卻是全身都被咬。

「莎莉！快點幫我弄掉！這、這件裝備壞掉就不好了啦！」

「等一下喔，馬上弄掉。」

莎莉靠近梅普露，把書怪一本本砍掉。

書怪一樣HP很低，很輕鬆就全部清光了。

「再來是手……不見了？奇怪……」

「裝備好像沒事，不過晚點要拿去給伊茲姊修了。」

說完，梅普露將裝備換成會【破壞成長】的黑甲。

但受傷的只有裝備，她本人當然是毫髮無傷。

這時莎莉發現梅普露身上的變化。

「梅普露？【獻身慈愛】消失嘍。」

「奇怪，為什麼啊？嗯……而且不能用了耶。雖然那每三十分鐘要重放一次啦。」

「會是封印技能的攻擊嗎？它們只找妳……是因為妳有用【獻身慈愛】，還是拿著燈呢……」

「可是燈沒有熄掉耶……啊！要是它們又只挑我打，那就能確定原因是提燈或發光了！」

「只看發光的話，我的【劍舞】特效也會發光，大概還有其他的吧。不過有妳的防禦力，暫且是沒什麼好怕的。」

若怪物專打梅普露，就不會有事。

就算無法達成當初無傷破關的目標，梅普露還有【不屈衛士】能抵擋一次致命攻擊，沒有那麼容易倒下。

「交給我吧！我一定擋好！」

「我來幫妳看穿透攻擊，隨時準備好用【抵禦穿透】喔。」

「嗯，沒問題！」

「話才剛說，下一波馬上就來了呢……？」

梅普露頗具信心地作架盾的動作。

莎莉卻說得有點沒自信。

她所指的黑暗深處，有一個悄然佇立的人形剪影。

人影只有一個紅色的眼睛，盯著書櫃動也不動。

「怎麼辦，莎莉。」

「我很不想靠過去，可是路只有一條。嗯……從書櫃上空過去呢？不過還是確定一下對方是什麼樣的怪物比較好吧……」

「上空……過得去嗎？」

「這個嘛，至少是比妳自爆安靜多了啦，要嗎？」

麻煩事能省就省，於是梅普露同意了莎莉的提議。

「嗯，那妳等一下喔。」

「嗯，知道了。」

莎莉做起準備，用絲線纏繞梅普露，並戴上兩枚戒指提升【ＳＴＲ】，叫出冰柱。

「好，要走嘍。」

「咦？」

莎莉直接用線把梅普露拉起來，藉由牆和冰柱攀上天花板。

梅普露被線吊在空中。

「喔、喔……」

並搖搖晃晃地給莎莉搬送。

兩人就這麼高高在上地繞過怪物頭頂，距離夠遠後才回到地面。

「呼，比想像中更順利呢。」

「好、好厲害喔！跟忍者一樣耶！」

「還有機會再用吧，只要妳願意就好。」

「偶爾這樣也滿好玩的啊！全新玩法的感覺！」

「是啊，在現實根本做不到那種動作嘛。話說那個怪，真的都不動耶……」

莎莉回頭看人影，而它依然是動也不動。

會不會根本不移動呢。莎莉再觀察片刻，依然沒有變化。

「要接近或攻擊嗎？等到完全沒有路能繞過去再試試看吧。」

「是啊。如果在魔王房當小兵就太恐怖了，又如果只有這一隻，打王的時候也不用擔心吧。」

既然不知道有多危險，這次兩人選擇跳過。

「那就繼續走吧，梅——」

「莎莉……我又被抓了啦～！」

正想前進的梅普露又被黑手束縛住。

這次莎莉在書怪咬中梅普露前將其一一擊落，途中注意到一件事。

「梅普露！妳等一下喔！」

「嗯、嗯嗯～？好喔～！」

梅普露用雙手扒開書怪之餘回答。

莎莉奔向先前跳過的怪物。

怪物放出藍光，染黑的地面伸出搖晃晃的手。

「知道要做什麼就沒問題了！【二連斬】！」

莎莉一動手，怪物立刻融化，滲入地板消失無蹤。

「啊！沒打到！沒打到啦，莎莉！」

束縛梅普露的手也一樣融化消失。

有過了一次經驗，兩人熟練地把書怪扒掉。

扒完後，莎莉對她說：

「嗯～剛才的怪物我應該沒打掉，跑掉了的樣子。不知道會躲在哪裡，感覺隔段時間就會跑出來。」

「沒辦法打嗎？」

「很多路我們還沒走，說不定會有可以處理它的東西。」

兩人並沒有將所有的路線都走遍，不知是否有遺漏。

「魔王房也會有嗎？」

「說不定喔，有就麻煩了。」

「那一進去就全力幹掉魔王吧！」

「這也是一個辦法。不管魔王能封印多少技能，只要在那之前打掉就沒事了。」

兩人說得像是有能夠單方面輾壓魔王的力量一樣，但就算這裡有第三者在，恐怕也很難去反駁她們。

就這樣，兩人繼續前進。

後來梅普露又有幾個技能遭到封印，最終還是來到魔王房前了。

眼前是那扇見慣的大門。

「終於到了～！」

「好想把沒去過的路都看一看喔……算了，這次就跳過吧。梅普露，妳的技能還沒解封嗎？」

「我看看……還要二十分鐘才會恢復。」

「那我們就等吧，做好萬全準備再上。」

兩人就此坐在門前，聊天殺時間。

等到梅普露的技能封印全部解除後，她們總算進去踢館。

「氣氛跟外面……一樣耶。」

梅普露環顧四周說。

這裡同樣是書牆林立的廣大房間。

莎莉跟著加強戒備時，陰暗房間的最深處空中浮現藍色魔法陣。

「嗯？梅普露，要來嘍！」

「ＯＫ！首先【全武裝啟動】！」

在擺好架式的兩人面前出現的魔王，是好幾公尺大的厚重書本。
魔王散發藍光緩緩降落，貼近地面。
「先手必勝！【開始攻擊】！」
梅普露擊出槍彈的同時，飄浮的大書快速翻動，開啟的是繪有著火書本的頁面。
周圍書架與之呼應，紅色書本飛出來紛紛擊出火球。
「梅普露，右邊交給妳！這邊我來！」
「嗯，沒問題！」
莎莉跑離梅普露身邊，用魔法與技能擊落書本。
打著打著，大書翻開新頁面，房間邊緣出現人影。
在路上封印技能的怪物，這回一次召喚出五隻。
「啊！不、不可以啦！」
「來不及全部清掉喔……！」
「嗯～那就【毒龍】【流滲的混沌】！」
在封印之前釋放的毒龍與蛇怪，伴隨槍彈射向魔王。
同時大書再次翻頁，前方出現藍色屏障。
最後，梅普露的攻擊遭到藍色屏障阻隔，即使屏障尖聲碎裂了，魔王所受的傷害也少了很多。

「莎莉，完全沒用耶！」

「威力太高的攻擊搞不好有反效果！我也來！【超加速】！」

「那我來打影子！」

莎莉製造冰柱，避開梅普露造成的毒海衝向魔王。

梅普露則是一一射擊往她逼近的暗影怪物。

這是因為紅書射出的火球並沒有特殊效果。

「這招怎麼樣！」

莎莉將四周怪物交給梅普露，飛躍魔王頂端並以匕首連斬好幾下。

大書沒翻出屏障頁面，防禦也跟著薄弱，造成了不少傷害。

「嘿、咻！再一次！」

當莎莉再度吐絲飛身時，書頁再次翻動，猛然吹起一陣風。

「好險！啊，會擊退嗎。」

她倉促之間強行吐絲，迅速離開範圍。

見到梅普露被吹得老遠，莎莉再對魔王砍幾刀後回到梅普露身邊。

「砍掉不少了吧。」

「謝謝喔，莎莉！」

「現在謝我還太早了，再來是……？」

兩人查看魔王，頁面正在翻動。

打開的是什麼也沒有的白紙。

「……奇怪？全白的？」

「呃！梅普露！快躲！」

莎莉急忙大叫，但為時已晚，來自梅普露腳下的黑色鎖鍊爬上身體纏住了她。

想到會封印技能，莎莉決定先救梅普露。

「討、厭！奇怪，沒有封印？」

「咦？」

莎莉試圖逐條破壞鎖鍊時，梅普露竟這麼說。

「啊，不對！被、被搶走了！我的技能！」

話才剛說，梅普露的武器全部消失了。

「……咦？」

當莎莉切斷最後一條鎖鍊，魔王翻動了書頁。

頁面上有許多武器的圖案。

「慘了……！」

莎莉赫然睜大的眼，看著空中浮現幾個魔法陣，各種武器從中如樹枝般伸展出來。

「！抱歉啦，梅普露！【右手：吐絲】！」

「咦？哇！」

莎莉用絲線纏住梅普露，直接拉著她逃離魔王房。

拖得她滿地彈得乒乒乓乓。

「……暫時撤退！撤退！」

「就是啊，哪有辦法跟虛擬梅普露打！」

兩人總算是趕在魔王開火之前衝出房間。

梅普露與莎莉一衝出去就急忙關門，倚著門癱下來。

「呼……總之先喘口氣再說。」

「怎、怎麼辦啊，莎莉！」

「我也不曉得……梅普露，有哪些技能被搶走了？」

莎莉先從這問起，不然無法擬定戰略。

梅普露開啟屬性視窗查看技能，發現【機械神】【流滲的混沌】【天王寶座】【百

鬼夜行】都不見了。

「【流滲的混沌】被搶以後，【暴虐】那些都不能用了。」

「唔呃……裝在裝備上也被搶……而且都是強招。有時間限制嗎？」

「好像沒有耶？這、這會不會還給我啊？」

梅普露擔心地往莎莉看。

「可能要打倒魔王……或者離開這一層吧。我想至少會在活動結束的時候還妳啦……」

而那也表示放棄攻略這一層，她們不會同意這種事。

「嗯……不過也不是完全沒辦法……」

「咦，妳有辦法了嗎？」

梅普露詫異地問。

「好比說把妳的【獻身慈愛】塞給它，但這樣就要放棄無傷了。魔王用那種招，根本是自殺行為……可是也不曉得魔王搶走了會不會用，好像不太穩。」

「要是【絕對防禦】也被搶走就糟了！」

「就是說啊……失去防禦力的梅普露實在是……」

失去防禦力，梅普露就只是個普通人而已。

沒有攻擊也沒有防禦，簡直是無能為力。想到這裡，莎莉忽然有個問題。

「……梅普露，妳【ＶＩＴ】多少？不算技能。」

「咦？啊，嗯……？最近我沒什麼在注意耶，呃……」

梅普露叫出藍色面板，查看現在的【ＶＩＴ】。

「嗯～２０００多一點吧？」

「嗯……」

莎莉閉上眼睛，嚥下這句話。

「啊，需要說詳細數字嗎？」

「不用了，只是一點誤差……也不是很誤差啦……」

這讓莎莉知道根本就不用擔心梅普露。

梅普露的技能中沒有一個有穿透攻擊，無論魔王從她身上搶走什麼都打不倒她。

「那麼梅普露，要保護我喔。那樣的掃射我真的不行……」

「嗯，沒問題！那我們要怎麼打？」

「就慢慢等到魔王搶走【獻身慈愛】，然後用出來為止。」

從【二連斬】可以打出不小的傷害，莎莉認為魔王本身的防禦力並不高。

那麼，就算搶走以本身防禦力為基礎的【絕對防禦】和【要塞】，也不至於打不動。

「ＯＫ～！到時候就一口氣總攻擊！」

梅普露打個正拳，表示她還以顏色的鬥志。

「嗯，中間可能會有幾種麻煩的狀況，我們先擬定策略吧。這樣比較保險。」

莎莉告訴梅普露，魔王很可能還有其他行動沒用出來，不能疏忽。

「那就要準備好很多種對策了吧。」

就這樣，兩人為穩收勝利而討論起作戰計畫。

梅普露和莎莉擬好一連串對策後便起身準備。

「結果都是講我的技能耶～」

「因為妳的技能都很有魔王的感覺嘛……要是不先計畫好，我絕對會被幹掉。」

即使魔王的招式對梅普露無效，莎莉仍然是不能遭受任何攻擊。

所以有必要對梅普露每一項攻擊手段想好對策。

「梅普露，短刀跟塔盾拔掉了嗎？」

「嗯，拔掉了！沒有抗毒以後，我大概也會死……」

梅普露卸除了黑色的短刀與塔盾，以防技能遭奪，然後裝備上伊茲替她打造的白色短刀與塔盾。

鎧甲的技能已被奪走，不需更動。

雖然防禦力比原先預定更低了，但由於有遭到【蠱毒咒法】瞬殺的危險，說什麼也

不能交出【毒龍】，只好折衷。

【暴食】對梅普露有多大作用也是未知數，最後還是選擇小心為上。

「不曉得那個魔王的屬性是多少，會變弱？……嗯，就算變弱，只要能突破梅普露的防禦力就等於誰都會受傷，這樣就頭痛了。」

「是啊，希望沒事……」

梅普露有點不安地看著魔王房門。

「好了，梅普露，我開門嘍？」

「……好！開吧！」

梅普露拍拍臉頰提振士氣，高舉盾牌。

莎莉看她準備好就一口氣推開門，一起進去。

魔王的ＨＰ已經補滿，動作回到最開頭，叫出火焰書和封印技能的影人。

「好像不會一開始就用耶。梅普露，有技能被搶就趕快確定是哪個，跟我說喔！」

「嗯！知道了！」

莎莉提醒梅普露之後就邁步奔去。

梅普露也跟在後面噠噠噠地跑。

「既然一開始不變，那就沒問題了！」

莎莉用完全與上次相同的方式削減魔王的ＨＰ。

除了持續用【嘲諷】吸引火書怪注意力以外，基本上梅普露無事可做，便站在可以【掩護】莎莉的位置。

「唔……好久沒用【衝鋒掩護】了，一定要用好。這個距離應該掩護得到……再、再站近一點好了。」

梅普露一邊微調位置，一邊看莎莉砍魔王。且不忘注意腳邊，以免技能遭奪。

莎莉想在專注力下降前盡可能削減對方的血條而激烈攻擊，使得魔王很快就翻開奪得技能的頁面。

「梅普露！」

「【衝鋒掩護】【掩護】！」

莎莉沒錯過魔王行動的變化而後退，梅普露立刻跟上。

緊接著，砲彈命中梅普露的身體。

「只要注意看就不怕了！」

砰地好大一聲，砲彈從梅普露身上彈開。

「好像……是這樣沒錯？搶到以後好像就不會一直搶的樣子。」

這樣就沒問題了。莎莉緊貼在梅普露背後，慢慢前進。

「唔唔……好多喔！」

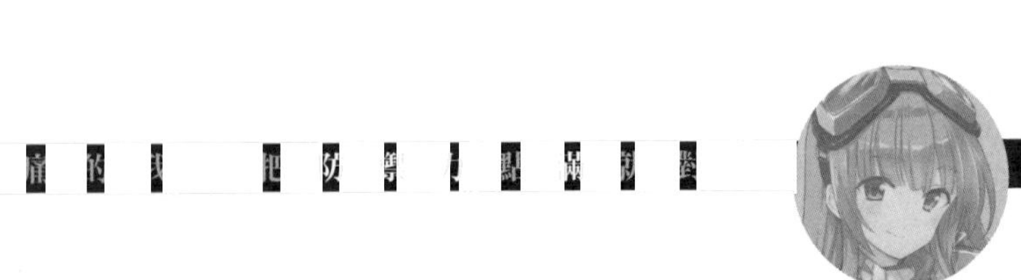

「上次來不及看清楚，原來周圍的小怪也會暫時消失啊。」

「啊，真的耶！這樣就輕鬆了！太好了……」

隨著接近魔王，砲彈來的角度也愈來愈高，梅普露撐傘般舉盾保護莎莉。

「這種事……只有不怕被砲彈打的妳才做得到吧。」

「哼哼哼，這種水準的攻擊我才不怕！技能也還沒被搶呢！」

「就是啊。嗯，既然沒有繼續搶，我們就速戰速決。」

「我會跟緊的！」

「嗯，拜託嘍。那麼……我們走！」

莎莉一溜煙地離開梅普露身邊，攻擊魔王。

雖然嘴上說閃不過，她仍理所當然似的用匕首彈開砲彈一路疾奔。

梅普露也衝上去舉盾掩護，以減少匕首耐用度的損耗。

「【二連斬】！」

莎莉一身【劍舞】的藍色靈光，一刀刀削減魔王的ＨＰ。

並不停叫出冰柱，靈活地閃躲砲彈。

即使是梅普露，也看得出那經過大量的練習。

「……！莎莉！」

「放心！我有看到！」

砍去大半ＨＰ後，魔王開始同時使用不同技能。

只見地面染黑，兩隻蛇怪鑽了出來。

會奪去技能的鎖鍊也趁這一刻又捆住閃躲不及的梅普露。

「唔唔……計畫之中！計畫之中啦！」

「梅普露，【獵食者】往妳那去了！」

遭到綑綁的梅普露成為目標，蛇怪伴隨砲彈襲向梅普露。

一隻大口咬住腳和身體，另一隻要吞下她似的從頭咬下去。

梅普露不禁閉眼，注意到沒有傷害才慢慢睜開。

「喔、喔喔……原來【獵食者】嘴巴裡是長這樣啊！叫出來幫打了那麼多次，現在才知道……」

她直接在蛇怪嘴裡向莎莉報告遭搶的技能。

「【蠱毒咒法】……【要塞】和【獻身慈愛】！還有【絕對防禦】！」

看不見前方的梅普露往莎莉大叫。

莎莉回答她看著辦之後，梅普露聽見魔法和冰柱伸展的音效。

「我要趁【獵食者】還攻擊妳的時候一口氣幹掉魔王！」

她造出【冰柱】，利用絲線和透明踏點在空中到處飛竄。梅普露送她的鞋子讓她能在空中移動得更加精密，以彷彿魔法主動避開她的動作接近魔王振臂揮砍。

「好，【獻身慈愛】來了！這樣就有很多活靶了！」

莎莉使出各種魔法準確擊中小書怪，加快對魔王的傷害。

「好，感覺很順利！」她急速下降又飛升，集中精神穿過變得更猛烈的攻擊。

「看我解決你！」

莎莉收起匕首，握緊雙拳，踩踏空中的踏點猛一加速。

「要趕快掙脫……呃，好！」

梅普露打開道具欄，取出伊茲特製的炸彈。

炸彈直接落地，遭魔王的砲彈誘爆。

「怎麼樣！我沒有技能還是可以攻擊的啦！」

梅普露在怪物嘴裡得意地說。即使鎖鍊在盛燃的烈火中斷裂，曾扶持梅普露無數次的兩條蛇怪依然穩穩咬著她。

「……可、可以放開我了喔？」

蛇怪還真的鬆口了，但並不是聽從她的話，就只是因為鎖鍊斷裂，隨後襲向莎莉。

「不、不可以這樣啦！」

重獲自由的梅普露看看周圍，只見小書怪射出的火球水球、風刃石彈到處交錯縱橫，令人眼花撩亂。

而且大書還是張開白翼的狀態。魔王的攻擊更加激烈，梅普露一時間找不到莎莉。

「咦！」

當她擔心莎莉安危而焦急地往魔王看時，其上方的血條霎時急速縮減，轉眼變成光爆散了。

「咦咦咦！」

「嘿……咻。累、累死我了……」

光的另一邊，莎莉掉回地上，當場癱坐。

梅普露急忙跑過去。

「打、打贏了嗎？」

「對呀，幸好它用了【獻身慈愛】，真是好險啊。沒有用到補血真是太好了～」

「唔～我也好想多幫點忙喔！都被咬著，什麼都看不見……」

「是我找妳來玩這個遊戲的，偶爾也要拿出比妳更厲害的表現，讓妳崇拜一下嘛……開玩笑的。妳被抓的時候沒去救妳，算是我的一點小任性吧……？」

莎莉有點不好意思地別開眼睛說。

梅普露稍微想了想，有了結論後抬起頭說：

「原來如此原來如此！那麼……既然一樓我表現過了，我們就在三樓比誰先打倒魔王吧！」

這番話讓莎莉顯得有點訝異。

「……嗯～我贏得了嗎？」

「呵呵，不行的話，就是我贏嘍！」

梅普露添上一個充滿自信的笑容。

看她這樣，莎莉也恢復平時的她。

「……好，我也不會輸給妳。下次我一定會確實支援，然後連魔王也幹掉！」

「那我們就到三樓去吧！好事要趁早……這樣說好像不太對。」

「應該說打鐵趁熱吧……走吧！」

聽到莎莉也同意，梅普露樂得拔腿就往三樓跑。

「……好，下次要更冷靜應戰。」

莎莉稍作反省，也跟上梅普露。

第七次活動才剛開始。

兩人懷著下一個魔王也照贏不誤的氣勢，往第三層前進。

後記

一時興起而捧起第六集的讀者，幸會。感謝一路看到這裡的讀者，請接受我無比的感謝。大家好，我是夕蜜柑。

多虧有各位的支持，本系列來到了第六集，真的萬分感謝。

倘若各位也喜歡漫畫版，為動畫化而開心，我也與有榮焉。無論是身邊從第一集就支持我到現在的人，還是一路陪伴我的讀者，我真的是受到好多好多人的幫助呢。繼續傳遞原作、漫畫版和動畫版的樂趣，就是我未來該努力的方向吧。其實每一方面都是很不得了的大事，現在回想起來，我都還不太敢相信呢。

若本作能成為各位的生活樂趣之一，我這書也沒有白寫了。

因此，我也很希望能為喜歡本作的人繼續寫下去。

期盼我們在未來的第七集再會！

夕蜜柑

©Yasohachi Tsuchise 2019 / KADOKAWA CORPORATION

鐵鏟無雙「鐵鏟波動砲！」(`･ω･´)♂〓〓〓〓★(ﾟДﾟ ;;;).:∴轟隆 1 待續

作者：つちせ八十八　插畫：憂姫はぐれ

SCOOP! 鐵鏟乃貫穿世界的神器！
傳說最強礦工×王道戀愛喜劇×正統奇幻故事！

亞蘭是地表最強礦工，持續挖掘百年，練就了能用鐵鏟射出熔化岩石的光束；挖掘千年以後，光束進化成了波動砲。某天亞蘭用鐵鏟波動砲將山賊（連山一起）消滅後，拯救了莉緹西亞公主……此乃用鐵鏟在劍與魔法的世界裡開無雙的冒險奇譚！

NT$200/HK$67

©Bokuto Uno 2018 / KADOKAWA CORPORATION

七魔劍支配天下 1 待續

作者：宇野朴人　插畫：ミユキルリア

《天鏡的極北之星》宇野朴人新系列作！
2019店員最愛輕小說大賞文庫本部門第1名

春天，名校金伯利魔法學校今年也有新生入學。他們身穿黑色長袍，將白杖與杖劍插在腰間，內心懷抱著驕傲與使命。少年奧利佛也是其中之一，只有那個在腰間插著日本刀的少女和別人不一樣——以命運的魔劍為中心展開的學園幻想故事開幕！

NT$290/HK$97

國家圖書館出版品預行編目資料

怕痛的我,把防禦力點滿就對了 / 夕蜜柑作 ; 吳松諺譯. -- 初版. -- 臺北市 : 臺灣角川, 2020.01-

冊 ; 公分. -- (Kadokawa fantastic novels)

譯自 : 痛いのは嫌なので防御力に極振りしたいと思います。

ISBN 978-957-743-499-9(第5冊 : 平裝). --

ISBN 978-957-743-692-4(第6冊 : 平裝)

861.57　　108019509

Kadokawa
Fantastic
Novels

怕痛的我，把防禦力點滿就對了 6

（原著名：痛いのは嫌なので防御力に極振りしたいと思います。6）

2020年4月23日 初版第1刷發行
2023年8月10日 初版第6刷發行

作　者：夕蜜柑
插　畫：狐印
譯　者：吳松諺

發行人：岩崎剛人
總編輯：蔡佩芬
編　輯：黎夢萍
美術設計：黃永漢
印　務：李明修（主任）、張加恩（主任）、張凱棋

發行所：台灣角川股份有限公司
地　址：104台北市中山區松江路223號3樓
電　話：（02）2515-3000
傳　真：（02）2515-0033
網　址：www.kadokawa.com.tw
劃撥帳戶：台灣角川股份有限公司
劃撥帳號：19487412
法律顧問：有澤法律事務所
製　版：巨茂科技印刷有限公司
ISBN：978-957-743-692-4

※版權所有，未經許可，不許轉載。
※本書如有破損、裝訂錯誤，請持購買憑證回原購買處或連同憑證寄回出版社更換。

ITAINO WA IYA NANODE BOGYORYOKU NI KYOKUFURI SHITAITO OMOIMASU. Vol.6
©Yuumikan, Koin 2019
First published in Japan in 2019 by KADOKAWA CORPORATION, Tokyo.
Complex Chinese translation rights arranged with KADOKAWA CORPORATION, Tokyo.